U0010511

雲龍與魔法果實

人狐一家親 1

富安陽子 著

大庭賢哉 繪 林冠汾 譯

晨星出版

各界好評推薦

（依照收稿順序）

誠心推薦

國立台東大學兒童文學研究所副教授／日本兒童文學研究家　游珮芸

感受角色的獨特魅力與情誼羈絆

新竹市故事協會理事長　謝芳伶

書中人物的每個磨難都是帶有成長意義與價值的，例如雲龍誤闖人間浴室但最後成功回歸天上，及三個人狐混血兒對自身特異功能的摸索與掌控。另一方面，書中安排非我族類的相處，除了情節深具想像力之外，更有提醒尊重多元文化衝擊的意義（信田父母的真愛，讓外在因素的困難變得微不足道）。而信田一家人願意學著微笑面臨困境，並努力克服恐懼的積極態度，更足以鼓舞小讀者們的效法。

暖心推薦

翻轉讀書繪文學工作坊創辦人　陳家盈

從不凡的奇幻故事中汲取閱讀能量

臺中教育大學附設實驗國民小學故事志工團團長　陳俞樺

如同富安陽子老師眾多令人愛不釋手的創作，《人狐一家親》的書名相當吸引孩子的目光，人類爸爸和狐狸媽媽組成的家庭相當奇特，家中竟還出現原該生活在天上的雲龍寶寶，將會發生什麼奇妙有趣的故事呢？讓人迫不及待的想要一探究竟。

一開始狐狸家族是不贊成這樁婚事的，七嘴八舌的親戚，就像真實世界一樣栩栩如生。人類與狐狸共同組成的信田家，一家五口包容彼此的不同、欣賞各自的獨特天賦，滿滿的愛與勇氣面對生活的挑戰。

有天狐狸爺爺來訪，竟跟來了雲龍寶寶，對於家中的新奇嬌客，孩子們就像對待心愛的寵物般，學習愛護與同理。

某天入戲的女兒忽然問：「媽媽，你也是狐狸變的嗎？」我回：「我是老虎變的，我是虎媽！」瞬間，全家笑成一團。若能在閱讀中發現樂趣，將一生樂此不疲。推薦此系列給親子們！希望大家能一同乘著閱讀的翅膀開拓視野。

奇幻即充斥在你我的日常

水牛書店／我愛你學田負責人　劉昭儀

取材於日本鄉野傳奇的《人狐一家親》，充滿了日本的風俗文化與傳統；但我更喜歡故事中突發奇想、充滿驚喜的情節與節奏，難怪系列作品一本本讓人欲罷不能！

作品環繞著家庭中各種看似複雜神祕，充滿超能力的不尋常經歷，卻蘊含著尋常的信任、支持、勇敢與溫暖；即使家族或人際關係中，出現陰暗的謊言、背叛或貪婪，總是透過跌跌撞撞的堅持不放棄，或傻裡傻氣的全盤接納，讓我們終究得到也許遺憾，卻可以安心再出發的結局與待續。

開始的一段話我就牢牢記住了：「災難不等於不幸，沒有災難的人生不代表一定幸福，一一克服災難，反而是人生的樂趣之一。」這是狐狸媽媽的人生金句，相信也可以變成所有在家庭道場同修的媽媽們最強力的鼓舞！

跟孩子們一起接力閱讀這套作品吧！相信我那些家庭日常的繁瑣與氣惱，真的就只是一小塊蛋糕了！（笑）

目錄

人狐一家親 1
CONTENTS

登場人物介紹

●**信田結**（小結）……有人類爸爸與狐狸媽媽血脈的信田家長女，小學五年級。為了守住信田家的祕密而努力。

●**信田匠**（小匠）……小結的弟弟，小學三年級的學生。把聖誕節收到的水槍視為寶物。

●**信田萌**（小萌）……最小的么女，三歲。愛吹口琴和玩遊戲。

●**信田幸**（媽媽）……不顧狐狸家族的反對，與人類爸爸結婚的可靠媽媽。

●**信田一**（爸爸）……大學植物學教授。不會因為一些小事就嚇壞的穩重爸爸。

●**鬼丸**（鬼丸爺爺）……媽媽的父親。想看電視時，就會在信田家的客廳裡出現。

●**齋**（齋奶奶）……媽媽的母親。極力反對媽媽結婚，也不願意與孫子見面。

●**祝**（祝姨婆）……媽媽的阿姨。興趣是告訴別人不祥的預言。

●**夜叉丸**（夜叉丸舅舅）……媽媽的哥哥。自尊心強又吊兒啷噹，狐狸家族中的頭痛人物。

●**季**（小季）……媽媽的妹妹。是變身達人，聽到人家叫她阿姨就會生氣。

家族關係圖

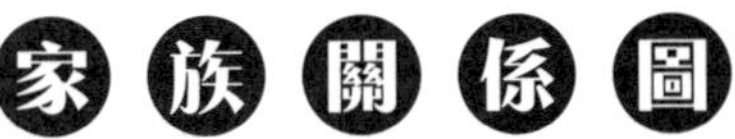

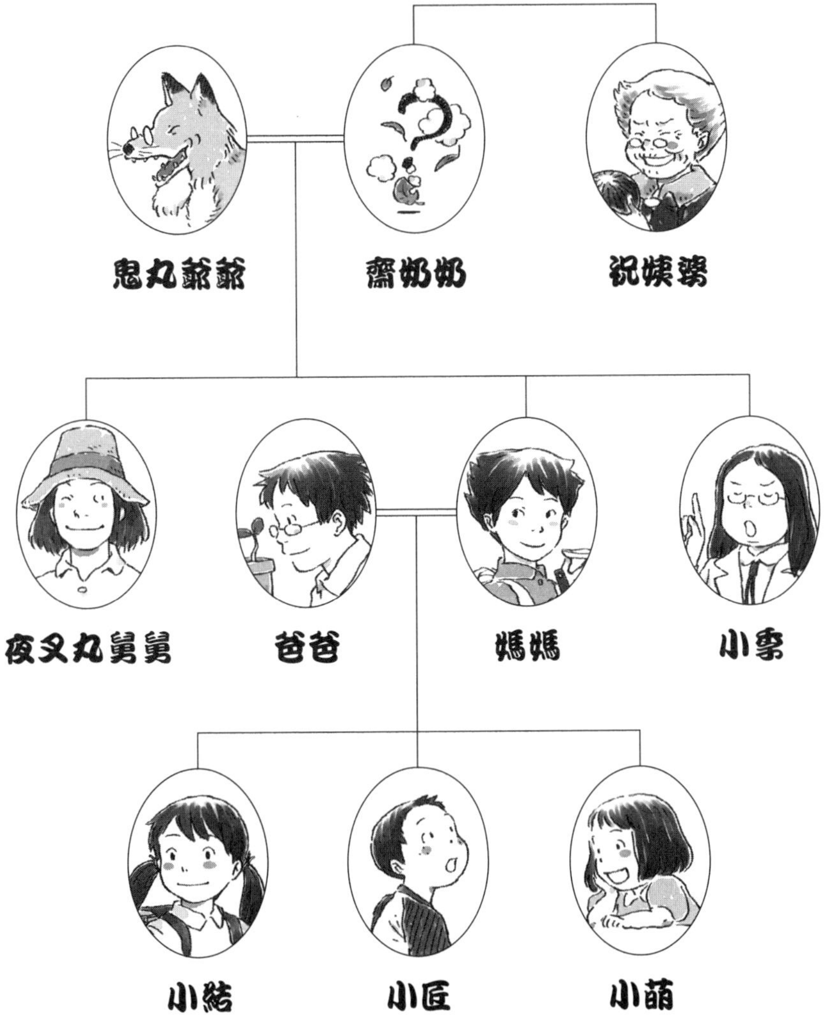
鬼丸爺爺
齋奶奶
祝姨婆
夜叉丸舅舅
爸爸
媽媽
小季
小結
小匠
小萌

1 信田家的祕密

對小結來說，媽媽的真實身分是一隻狐狸，並不是什麼嚴重的事情。

雖然每到了朔日之夜[1]，也就是月亮藏起身影的夜晚，媽媽就必須回到山上一次，但小結並不以為意。因為小結所就讀的班上，有些同學的媽媽是國際線空服員，甚至會一個星期都不在家。

1 農曆初一的夜晚，看不到月亮。

小結並不清楚朔日之夜這一天媽媽在山上做什麼。不過，很久以前爺爺說：「月光消失不見的朔日之夜，我們會藏不住本性。」

也就是說，看不見月亮的那段時間，媽媽似乎會變回狐狸。

小結不曾看過媽媽變回狐狸的模樣。

爺爺說：「要是被你們看見原形，媽媽肯定沒辦法繼續在人類世界生活。」爺爺說這句話的時候，以狐狸的原形姿態慵懶地躺在沙發上，還甩了一下蓬鬆的尾巴。

「那為什麼爺爺總是以狐狸的樣子來我們家玩呢？爺爺明明可以變成人類的樣子啊……」

聽到小結的詢問後，爺爺一邊打著哈欠、一邊回答：「爺爺一點兒都不想待在人類世界生活啊。比起住在這種像箱子一樣狹窄的巢穴，待在山上好太多了。」

其實爺爺超級愛看電視。尤其愛看古裝武打片，每次來到小結家

裡，第一件事情就是拿起電視遙控器，尋找有沒有頻道正在播放古裝武打片。

爺爺化身為人類時，看起來像個魅力十足的銀髮老紳士。但是，這位老紳士爺爺觀賞古裝武打片的時候，總是嘴巴張得大開，那專注程度總是讓人擔心他的下巴會掉下來。當然了，山上不可能有電視可以看，所以爺爺總是出現在小結家的客廳。

而媽媽總是保持著人類的形態，對小結而言，根本無法想像不是人類模樣的媽媽。小結覺得媽媽是個大美女。不過，媽媽的美不是古時候狐狸為了欺騙人類，而化身為絕世美女的那種美。

媽媽的身材很高挑。炯炯有神的眼睛充滿自信，以及面對任何事情都不會氣餒的鬥志。兩邊嘴角總是微微上揚，帶著愉快的笑容。

無論是參加學校舉辦的母姊會，或是到街上買東西的時候，媽媽四周總圍繞著特別的光芒，總是能讓氣氛變得開朗愉快。

小結最愛媽媽了，所以就算媽媽的真實身分是一隻狐狸，她也完全不在意，也許是因為小結身上有一半是狐狸的血統吧。

小結有個小她兩歲的弟弟小匠，還有一個剛就讀幼稚園的妹妹小萌，小匠和小萌也一樣是狐狸和人類的混血兒。

也就是說，小結全家人當中，只有爸爸是完完全全的普通人類。幸好爸爸不太在意這件事情。因為如果會在意這種事情，就算再怎麼喜歡對方，也不可能娶狐狸當新娘。

爸爸是個研究植物的學者，並且在大學當教授。如同藤蔓糾結在一起般，爸爸的腦袋裡塞滿了像是囊子菌類絲狀細胞構造，或青蘚科植物翼細胞分化形態之類的複雜專業知識，說不定爸爸根本沒有多餘的腦力去思考其他事情。

爸爸總會一邊為窗戶邊的盆栽澆水、一邊開心地對仙人掌說話。看見爸爸那樣子，小結有時候忍不住擔心起來，爸爸會不會和植物相處久了以後，不曉得如何和人類應對。

不過也多虧了爸爸這般樂天派的個性，小結一家人的生活才能夠過得幸福美滿。狐狸家族裡都是一些怪胎，如果爸爸是個凡事看得嚴謹的人，恐怕很難與狐狸們當親家吧。

媽媽的親戚當中真的有很多人……不對，有很多狐狸都是怪胎。

電視迷的鬼丸爺爺總會在沒有預警下，突然出現在客廳的沙發上，而且有時候還會帶著人類的鬼魂一起出現。

媽媽的哥哥——夜叉丸舅舅的自尊心強又勇敢，而且是個吊兒啷噹到令人難以置信的狐狸。夜叉丸舅舅經常闖禍，然後老是害得小結一家人被捲入災難。

媽媽的妹妹——小季阿姨也是個怪胎。阿姨她……不對，還是叫她小季好了。

因為小季很討厭聽到小結她們叫她「阿姨」。

總之呢，小季是個變身達人。鬼丸爺爺或夜叉丸舅舅變身成人類的時候，總是一樣的外表，只有小季每次都會以不同的外表出現在小結她們面前。好比說，有時候會變身成彎腰駝背的老太婆，有時候會變身成一頭金髮的辣妹，有時候又會變身成走路搖來晃去的小女孩。

還有一個親戚，這個人是媽媽的媽媽的妹妹……也就是媽媽的阿姨，而小結她們都叫她祝姨婆。說到這個愛管閒事又愛占卜的姨婆，明明沒有人邀請她，卻會自動來到小結家，然後說出不祥預言當樂趣。爸爸媽媽結婚的時候，有人在婚禮上說：「未來有宛如天上星星般繁多的災難等著你們。」

說出這句話的人，就是祝姨婆。

的確，祝姨婆的預言或許真的很準。因為信田家每天的生活都少不了災難。

「可是啊……」媽媽說道，「災難不等於不幸。沒有災難的人生不代表一定幸福，一一克服災難反而是人生的樂趣之一。」

小結覺得媽媽好堅強喔。

雖然小結還沒見過本人，但鬼丸爺爺說媽媽的媽媽——齋奶奶也是個非常堅強的狐狸。

齋奶奶到現在還無法原諒媽媽與人類結婚，也不願意與爸爸還有小結三人見面。鬼丸爺爺總是形容齋奶奶是個「用普通方法無法應付的勁爆奶奶」。但不顧這個勁爆奶奶的反對，仍執意與爸爸結婚的媽媽，顯然也是個沒辦法用普通方法應付的人。

總之呢，姑且不論是幸或不幸，信田家每天都過著風波不斷的生活。有時候才以為已經克服了一個麻煩，就發現下一個麻煩已經在門外等著。

更慘的是，小結她們絕對不能讓其他人知道這些麻煩事。

媽媽的真實身分是一隻狐狸……小結、小匠與小萌擁有狐狸血統……進進出出家裡的一些親戚其實是狐狸……這一切事實絕對不能讓其他人知道，也是只屬於信田家的大祕密。

2 災難在月夜降臨

那天晚上，爸爸下班回來泡完澡後，一邊喝啤酒、一邊悠哉地觀賞電視播放的夜間棒球比賽。

那是一個剛剛進入夏季、非常悶熱的夏夜。從客廳的窗戶看出去，可看見紅色的月亮高掛在天上。

媽媽一邊在廚房準備晚餐、一邊催促小匠和小萌說：「還不快去洗澡！」小匠還拖拖拉拉地看著漫畫，小萌則是一起在看漫畫。而小結因為明天要考漢字，獨自關在自己的房間裡，寫著還沒做完的漢字

練習功課。

當第八回合下半場巨人隊進攻到一半時，電視螢幕突然被切換頻道。不知不覺中，原來是鬼丸爺爺以狐狸的模樣出現在爸爸身旁的沙發上。

看見畫面突然從巨人隊第四棒打擊手變成水戶黃門[2]一行人的場景，爸爸愣了一下又嘆了口氣。

「是爺爺啊！」

發現爺爺出現在沙發上，小萌開心地跑近爺爺。

「媽媽！爺爺來了！」

聽見小匠的興奮聲音，媽媽急忙探出頭看向客廳。

「喲！晚安。大家好嗎？」

2 將軍德川家康的子孫，在日本電視歷史劇中常出現。

爺爺一邊刻意甩動快碰到爸爸鼻尖的尾巴、一邊向大家打招呼，害得爸爸差點打翻了啤酒。

「爸爸，我已經拜託過您很多次了吧。來我們家的時候，可不可以請您以人類的模樣出現呢？……還有，方便的話，可以請您從玄關走進來嗎？」

「爸爸，拜託您不要隨便轉台，好不好？尊重一下嘛，我們家爸爸正在看夜間棒球比賽呢……」

然而，爺爺繼續甩動著尾巴，完全不理會爸爸和媽媽的抗議。小萌和小匠很高興看到爺爺出現，兩個人就像小貓咪一樣趴在尾巴上玩耍。

「小結呢？她應該長很大了吧？」

看見爺爺一副感觸極深的模樣說道，媽媽露出受不了的表情說：

「小結在寫功課。而且，你不是三天前才來過我們家嗎？小結又不是竹筍，怎麼可能三天就突然長大。」

然而，爺爺這次還是完全不理會媽媽，閃閃發光的金色眼珠直直盯著電視機看。

「喂！你們兩個。我的尾巴可不是玩具喔。你們安靜一下子行不行？我要開始看阿助和阿角如何大展身手了。」

媽媽終於死了心地嘆了口氣，然後朝向無奈地看著電視劇的爸爸提議說：「老公，晚飯好了喔。你要不要坐過來餐桌這邊？」

「喔，也好……」

說罷，爸爸拿著啤酒準備從沙發上站起來。就在這個時候——

客廳裡響起輕快的門鈴聲。

叮咚！

除了爺爺之外，所有人都有些驚訝地互看彼此。

現在是晚上八點十五分。這時間到底會是誰前來拜訪？

媽媽急忙拿起對講機的話筒，然後探出頭確認監視畫面。

「喂？請問是哪位？」

「啊……呃……很抱歉這麼晚前來打擾。」

玄關外不知道是誰一邊自顧自地念個不停、一邊把臉貼近監視攝影機。因為對方把臉貼得太近，所以只能看見鼻子被放大的畫面，而無法辨別對方是誰。只聽他用著彷彿在說悄悄話似的聲音道出姓名：

「我是住在樓下的佐山……」

「哎呀……你是佐山太太的先生嗎？」

媽媽尷尬地回頭瞥了爸爸一眼。住在樓下的佐山先生這麼晚來訪到底有什麼事？

「那個……有什麼事嗎……？」

「……事情……是這樣子的。我有些事情想請教……方便打擾一下嗎？」

「那個，你是說現在嗎？」

媽媽一邊回答、一邊慌張地看向爺爺。

「是的。我不會占用太多時間。在玄關打擾一下就好了……」

「……這樣啊……我知道了……那麼，請你等一下喔。」

掛上話筒後，媽媽立刻從對講機前面跳開，並回頭看向爸爸。

「老公！糟糕了。住在樓下的佐山太太的先生來了！他說有事情想請教我們……怎麼辦?!」

爸爸瞥了爺爺一眼，然後顯得刻意地用力咳了一聲。

「嗯……爸，不好意思，可不可以請您暫時躲起來一下子？因為有鄰居要來我們家。萬一不小心讓鄰居看見您，那就傷腦筋了。」

爺爺不悅地回答：「我現在在看電視。」

「爸！」媽媽一副怒氣沖天的模樣，不客氣地走近坐在沙發上的爺爺，「你有沒有在聽啊？現在不是悠哉看電視的時候吧？你可以選擇馬上變身成人類，不然就到其他地方去！要是被佐山先生看見了，你說會怎樣？如果讓人知道有狐狸坐在我們家的沙發上看水戶黃門，肯定會引起一陣大騷動！」

因為媽媽擋在前面，所以爺爺沒辦法繼續看電視，而變得更加不悅地說：「我連安靜看個電視都不行嗎？妳怎麼可以用這麼沒禮貌的口氣跟偶爾來玩的父親說話？要我變身成人類，不然就到其他地方去？妳們現在是嫌我礙眼，是嗎？」

「不是這樣子的。我只是希望不要讓人家看見你原形的樣子而已啊。」

「氣死我了！」

爺爺抖動了一下粗大的尾巴。

「我要回去了！我絕對不會再來玩了！」

爺爺這麼說完話的瞬間，便從沙發上消失不見了。

「怎麼辦？爺爺生氣了。」小匠慌張地看向窗外。

「爺爺不會再來我們家玩了嗎？」小萌的表情快哭出來了。

「沒事的。」媽媽一副精疲力盡的模樣嘆了口氣，「爺爺以前也說過好幾次不會再來玩的話，結果很快就再來玩了啊。你們不用擔心。」

叮咚！

門鈴聲再次響起。佐山先生似乎等得不耐煩而按了門鈴。

「來了！」

媽媽嚇了一跳地跳起來，然後與爸爸互看。看見爸爸比出「ＯＫ」手勢並點了點頭，於是媽媽急急忙忙走到玄關開門。

打開玄關門一看，發現佐山先生一副拘謹模樣站在門外。

「不好意思，讓你久等了……」媽媽話說到一半時，發現身穿西裝站在陰暗處的佐山先生，一手拿著捕蟲網，而嚇了一跳。

「哪裡、哪裡，我才應該說不好意思，這麼晚突然來打擾你們。」

佐山先生給人的感覺就像變身為上班族的老鼠。以深色西裝包住小小身軀，總是匆匆忙忙地快步走著。尖尖的臉部上，可看見露出大大門牙的小嘴，以及不停東張西望、看似敏捷的眼睛。

「那個……你找我們有什麼事呢？」

媽媽一邊注視佐山先生手上的捕蟲網、一邊詢問時，小結打開玄關旁的房門，露出臉來。

「媽媽，發生什麼事了？」

「喲，佐山先生，晚安。」

爸爸也從客廳走到玄關來，就連小匠與小萌也跟在後頭來到玄關，於是空間狹窄的公寓玄關處擠滿了信田家一家人。

或許是被這個場面嚇到，佐山先生顯得有些躊躇不安地晃動著身體。

「沒有……真的很抱歉，這麼晚前來打擾。還打擾到你們休息……是這樣子的，那個……其實是很無聊的小事情……我在猜可能有一隻很大隻的蛾飛進了你們家……」

「很大隻的……蛾？是嗎？」爸爸一臉愕然地反問道。

佐山先生突然滔滔不絕地做起說明：「那時候我正好從公司回來，然後準備從公寓旁邊的散步道走回家……我忽然抬頭看向公寓時，看見一隻這麼大……藍白色毛絨絨的東西飛進你們家浴室的窗戶……我在猜那可能是長尾水青蛾……怎麼說呢，長尾水青蛾是蠻罕見的昆蟲。如果還在浴室裡的話，不知道方不方便讓我進去把牠抓起來……」

聽到佐山先生的說明後，信田家所有成員都僵住不動。尷尬的沉默氣氛降臨。

佐山先生再度慌張地找起藉口說：「真的很抱歉……我知道這樣會讓你們很困擾。我老婆也經常念我這種怪嗜好要適可而止。可是，製作蛾的標本是我唯一的興趣，只要能夠抓到罕見的蛾，就連沖繩和北海道我都不惜千里迢迢跑去。像在夏天的時候，為了要抓飛進家裡的蛾，我還會一直開著紗窗。所以啊，不僅有金龜子會飛進家裡面，還會被蚊子叮。那狀況可真是慘不忍睹呢。」

佐山先生發出「哈！哈！哈！」的笑聲。爸爸不得已也發出「哈！哈！哈！」的陪笑聲。信田家一家人並非因為佐山先生的古怪興趣，才會僵住不動。不管佐山先生是想抓蛾，還是想挖掘化石，在此刻都是無關緊要的事情。問題在於，佐山先生目擊到的藍白色發光物體……

「浴室裡應該沒有蛾吧。更何況是那麼罕見的蛾……」

媽媽這麼說時，小小年紀的小萌開口說：「那應該是鬼魂吧？我們家常常會出現……」

這回換成佐山先生僵住不動。然後，佐山尷尬地再次發出「哈！哈！哈！」的笑聲，並且看向媽媽說：「好有趣的小女孩喔。」

不過，媽媽一點兒也笑不出來。因為媽媽心裡也跟小萌想著同樣的事情。

「我去浴室看看。」

聽見小結這麼說，爸爸和媽媽鬆了口氣地緩和表情。

「我也要去！」小匠隨著小結這麼說。

「我也要！」小萌這麼說時，卻被爸爸一把抓住了。

「小萌要乖乖待在這裡。來！爸爸抱妳。」

於是，小結和小匠兩人一起前往浴室確認。洗手台角落放了一台洗衣機，而浴室門就在洗衣機旁邊，因為爸爸剛剛泡了澡，所以毛玻璃門還溼溼的。

兩人隔著玻璃門悄悄湊近一看後，發現某物體在關上電燈的昏暗浴室裡，緩緩飛來飛去。

「果然是跟著爺爺一起跑了進來。」小匠壓低聲量說道。

小結夾雜著嘆息聲點了點頭後，一副感到厭煩的模樣稍微打開浴室門。

小結和小匠探出頭看了浴室裡面後，吃驚地發愣，忍不住互看彼此。在浴室裡飛來飛去的物體，根本不是什麼鬼魂。

小結急忙關上浴室門，然後以嚴肅的聲音命令弟弟說：「聽好喔，你都不要說話。我會想辦法巧妙地敷衍過去。要是被人家看見裡面的東西，那就毀了。」

說罷，小結立即回到玄關。所有人一副恍恍不安地聚集在玄關處等待，看見小結出現後，大家一齊看向小結。

小結盡可能地裝出若無其事的樣子，聳了聳肩說：「我全確認過了，都沒發現耶……浴室的窗戶開開的，所以搞不好又飛出去了吧……為了避免有東西再飛進來，我先把窗戶關起來了……」

佐山先生失望地垂下肩膀，然後一副非常遺憾的模樣看著小結說：「真的嗎？妳真的都沒發現嗎？很大一隻呢……」

小結再次斬釘截鐵地點頭說：「是的。我找得很仔細……如果是那麼大一隻蛾，不可能沒發現吧？可是，我確認過牆上，也確認過天花板，還有浴缸後面，都沒發現有蛾……」

「這樣啊……」

爸爸一邊抱著小萌、一邊對著沮喪的佐山先生露出微笑說：「……如果又有蛾飛進來，我們會立刻通知你。畢竟這棟公寓離山很近，說不定很快就又會有大隻的蛾飛進來。到時候我們一定會在第一時間通知你。」

「喔……真是太好了。到時候就麻煩你們了……」

佐山先生終於死了心。等到他回去後，信田家所有人互看著彼此，並且安心地深深嘆了口氣。

「……幸好沒事……」媽媽一邊鎖上玄關門、一邊輕聲說道。

「要是看見了鬼魂，佐山先生肯定會嚇壞的……果然是鬼魂飛進了浴室，對吧？」

小結與小匠兩人互看了一眼。

「……那不是鬼魂。」聽到小結這麼說，小匠終於忍不住地大叫說：「浴室裡面有一條龍！有一條閃閃發亮的藍色小龍，在浴室裡面飛來飛去！」

「什麼?!」爸爸和媽媽同時大叫道。

「是真的！你們快來看！」

在興奮不已的小匠帶頭下，大家擠在一塊急忙跑到浴室。

毛玻璃後面果然有東西飛來飛去。

爸爸輕輕放下小萌，然後用力吸了口氣，並迅速推開浴室門。

可能是被突然打開的浴室門嚇了一跳，藍色小龍一邊在天花板附近飛來飛去、一邊發出低吼聲。那聲音就像貓咪生氣時會發出的可怕叫聲。

「我沒騙人吧？那果然是龍吧？」

小匠仰頭看著爸爸。爸爸瞇起眼睛注視著浴室的天花板。

全身包覆著閃閃發亮的藍白色鱗片、身長約三十公分的小傢伙扭動著身子，在充滿溼氣的昏暗浴室裡飛來飛去。其頭頂到背部的部位，長出如鬃毛般的光滑銀毛。四隻腳如老鷹般長出尖銳爪子，頭頂上凸出兩小塊如鹿角般的角。還有，閃閃發光的金色眼珠。小傢伙的體型固然小，但怎麼看無疑都是一條龍。

「牠是雲龍的寶寶。」媽媽站在爸爸後方仰望昏暗的天花板說道。

「雲龍平常都是住在雨雲裡，一定是爺爺從山上飛過來的時候，一起跟了過來。」

「要放在我們家養嗎？」小匠興奮地說道。

「不行。」爸爸答道。

「我可以帶牠去幼稚園嗎？」小萌問道。

「不行喔。」媽媽答道。

小萌立刻嘟起了嘴巴，「人家裕樹上次就把在家裡抓到的牆虎帶來幼稚園耶。雖然老師一直尖叫……」

「不是牆虎，是壁虎。」媽媽修正了小萌。

「妳要是把龍帶去了幼稚園，老師肯定會嚇到暈倒。」小結也出聲阻止。

「人家好想帶去喔……」小萌露出失望表情望著天花板上的龍。

「不行就是不行。我們要馬上把牠趕出去。雖然牠現在還小，但雲龍寶寶一下子就會長大。浴室很快就會塞不下牠的。」

「龍都吃什麼東西啊？」小匠問道。

「嗯……媽媽也不知道耶。不過，只要每下一次雨，雲龍就會愈變愈大。不久後牠就會變得比這棟公寓還要大。」

爸爸露出嚴肅表情瞪著飛來飛去的龍。

「你們都讓開，免得被牠咬到。爸爸現在從窗戶把牠趕出去。」

不過，爸爸最後沒能夠把龍寶寶趕出浴室。龍寶寶發出「呼——」的低吼聲，並伸出尖銳的爪子逃到天花板上去，然後飛來飛去地反擊滿身大汗的爸爸。看來，龍寶寶似乎愛上了小結家的浴室。

可憐的爸爸被尖銳的爪子抓傷頭好幾次，還被咬了右手中指，最後不得不放棄。

「沒轍。這個小子似乎沒有想要出去的意思。」爸爸一邊氣喘吁吁地上下擺動肩膀、一邊這麼說。

「……那要怎麼處理牠？」小匠問道。

爸爸和媽媽面面相覷。媽媽彷彿在說「沒辦法囉」似的模樣聳了聳肩。

「只能夠等龍寶寶改變心意囉。只要把窗戶開著，說不定牠就會自己飛出去。」

「耶！」

小匠跳起來大叫。

「也就是說，這傢伙會暫時住在我們家囉？」

「但願不要真的住下來才好。」爸爸搔了搔被抓得亂七八糟的頭，然後嘆了口氣說道，「希望牠明天就會自動消失不見。」

「好想帶牠去幼稚園喔。」

小萌一邊出神地抬頭望著龍、一邊再次這麼嘀咕。

有件事情讓小結感到在意，於是她詢問媽媽說：「我們要怎麼洗澡？」

「啊……對喔……」

媽媽一副這才想起來的模樣嘀咕道，然後望著還沒洗澡的小萌、小匠以及小結，最後望著已經汗流浹背的爸爸。

「看來今天晚上只好忍耐一下，不要洗澡囉。」媽媽提出了結論，「小結和爸爸就用洗手台的蓮蓬頭，洗頭和臉就好了。在那之前，要先拿ＯＫ繃幫爸爸把手指頭貼起來才行。小萌和小匠你們兩個跟我來廚房。媽媽用熱水弄濕毛巾，幫妳們把身體擦乾淨……」

與小龍搏鬥一番後，爸爸似乎已經累壞了。沒想到大家回到客廳後，卻發現身穿黑色長袍的祝姨婆抱著龜甲坐在沙發上。

「啊……」

爸爸和媽媽同時無奈地叫了一聲。在這種精疲力盡又心情沉重的夜晚，最不想見到的人就是祝姨婆。

姨婆完全不在意爸爸和媽媽的反應，並神情莊嚴地朝向大家遞出表面有裂縫的龜甲。

「我看見天空出現赤月，所以想說一定要來向你們提出忠告……我看見黑麻麻的雲層蓋住你們的未來。大災難已經慢慢朝向你們逼近。」

爸爸靜靜地，然後淡淡地回應：「災難已經來了。現在正在我們家浴室裡飛來飛去。」

然而，祝姨婆並沒有退縮。

「不，我說的不是那種微不足道的災難。我說的大災難不是浴室容得下的規模。你們等著看吧。一定會有更大的災難降臨。」

祝姨婆說完不祥的預言後，便從沙發上消失不見了。

客廳瞬間陷入一片安靜，這時爸爸打了個大哈欠說：「真感謝姨婆給我們可貴的忠告啊。聽說會有更大的災難降臨呢。」

小結皺起眉頭與媽媽互看一眼，接著說：「我們家的災難已經夠多了吧。」

「意思是會有更大的龍來我們家嗎？」小匠自己一個人興奮不已地說道。

「那這樣，可以帶去幼稚園嗎？」小萌以帶著睡意的聲音問道。

「好了、好了。」媽媽以開朗的聲音對著大家說道，「有人已經很想睡覺了。總之呢，今天就先這樣。相信到了明天，一切都會很順利的。」

小龍築巢

不僅爸爸的期待落空，連媽媽的預測也失靈，到了隔天，事態仍然沒有好轉。沒有好轉就算了，甚至還惡化。

這天早上，小匠最先發現浴室裡出現異狀。一邊刷牙、一邊偷看毛玻璃門背後時，小匠「哇啊！」的大叫了一聲，然後立刻大聲吆喝，連牙刷都快掉到地上也不顧。

「喂！大家快來看啊！」

大家一個接著一個地聚集到了浴室前面。正在準備早餐的媽媽還

一手拿著勺子……還穿著睡衣的爸爸一副睡眼惺忪的樣子……不管是正在梳頭髮的小結、穿幼稚園的制服穿到一半的小萌，還是爸爸、媽媽，大家都一副「發生什麼事了？」的擔心模樣，探出頭看向小匠所指的門後。在這瞬間，信田家所有人都倒抽了口氣。

浴室裡出現一朵小小的灰色雨雲，輕輕浮在天花板上。昨晚那條小龍一副悠哉模樣，盤繞在這個大小如椅墊般的雲朵上。

「牠在築巢……」媽媽露出苦澀表情嘀咕道，「牠應該是收集浴室的水蒸氣做出了雨雲。」

「好厲害喔！那是真的雲嗎？是那傢伙做的喔？」小匠出神地抬頭望著天花板說道。

爸爸以鬱悶的聲音詢問媽媽說：「牠該不會打算就這麼一直住在這裡吧？」

媽媽面帶難色地看向爸爸說：「牠應該是相當喜歡這地方。因為這裡的溼氣適中，正好可以做出雲朵……」

「做出雲朵，然後呢？」小匠問道。

「不久後牠會讓雲朵下雨。下完雨後，又可以再做出雲朵……這樣每反覆一次，雲朵就會愈變愈大。」

一股不祥的預感讓爸爸和媽媽陷入了沉默。假使龍寶寶在信田家的浴室愈長愈大，最後肯定會落得不可收拾的下場。

「事情演變到這般地步，只能夠拜託爸來帶牠回去了。更何況，牠本來就是爸帶來的……」

聽見爸爸的話語後，媽媽露出更加為難的表情說：「……爸要是肯過來一趟就沒問題……昨天晚上他氣得跑回去，有可能會耍脾氣地打算暫時不來我們家……基本上，每次到了重要時刻，爸沒有一次幫得上忙的。」

小萌一邊把玩制服襯衫的鈕扣、一邊身體搖來晃去地說起話來：

「可以請小優和小靜來家裡玩嗎？我想讓她們看一下龍……」

「不行！」爸爸和媽媽不約而同地說道。

爸爸難得露出凶巴巴的表情，然後嚴厲地告訴小萌說：「聽好喔，小萌。不可以告訴任何人關於龍的事情喔。不管是妳的朋友，還是老師，都不可以說喔。」

「也不可以告訴園長老師嗎？」

「不可以告訴園長老師。」

「好想讓他們看一下喔……」

小萌一臉不甘願的樣子。

「對了，洗澡的問題要怎麼解決？總不能一直不洗澡吧。」

小結一邊顯得煩躁地梳著瀏海、一邊抱怨。

「進去洗澡不就好了嘛。」小匠說道，「你們看，那傢伙一直乖乖地待在巢穴裡啊。根本沒什麼大不了的，只要當做是一隻很大的蜥蛛在天花板上就好了……」

媽媽用力地嘆了口氣說：「總之，大家先去吃早餐。先暫時忘記龍的存在吧……動作不快一點會遲到喔。」

浴室門關上之前，小結抬頭瞥了天花板一眼後，發現待在巢穴裡的龍輕輕甩動著小小的尾巴，彷彿聽不到大家的吵鬧聲。

這天下課後，小結和小匠準備以最快的速度趕回家。一想到龍可能會愈來愈巨大，兩人怎麼也鎮靜不下來。

明明急著回家，小結卻在教室門口被好朋友——小茜給逮住了。

「小結，今天要不要一起寫功課？」

「今天不行！」

聽見小結氣勢洶洶地大聲回答，小茜嚇了一跳地歪著頭說：「為什麼？今天妳不是不用上鋼琴課嗎？人家本來想拿新的漫畫給妳看的……」

小結反省著自己回答的態度太惡劣，然後找藉口地告訴小茜說：

「呃……今天有點不方便……就是啊，有客人來我們家……」

也是吧，那條龍確實算是客人。只不過這位客人的頭上長了角，還會在空中飛，然後盤繞在雲朵巢穴上而已。

小茜壓低聲量詢問小結說：「妳說的客人，不會又是那個怪怪的爺爺吧？」

小結當然不可能連這個怪怪的爺爺，其實是一隻狐狸的事實都說出來，但關於信田家讓人頭痛的親戚們，小結只有對好朋友小茜一人，一直都是盡可能地說老實話。

「不是，不是爺爺……我也不知道應該說是爺爺的朋友……還是爺爺認識的人……」

聽到小結的回答後，小茜露出有些驚訝的表情說：「小結，妳們家客人真的很多喔。連爺爺的朋友都會來妳們家玩，這樣不會很困擾嗎？」

「那當然是非常困擾啊！」

小結不禁用力地點了點頭。小茜也表示認同地點點頭。

「那這樣，妳爺爺的朋友該不會也怪怪的吧？……就像妳那個喜歡占卜的姨婆，還有喜歡冒險的舅舅一樣……」

小結腦中浮現在天花板角落發出「呼——呼——」低吼聲、表現傲慢的小龍身影後，立刻露出厭煩表情，「怪怪的……都不夠形容牠呢。嚴格說起來，牠是危險人物。」

「咦——?!不會吧?!這個客人是危險人物啊？」

「相當危險吧。」

看見小結聳了聳肩說道，小茜同情地注視著小結的臉，然後死了心地嘆口氣：「沒辦法囉。等那位客人回去後，再一起玩喔。」

「嗯。等牠回去後。」

說罷，小結朝向什麼都不知情的朋友露出微笑，並揮手說拜拜。

小結歸心似箭地跑在回家的路上。天空烏雲低垂，帶有溼氣的風吹送著，隨著夏季到來而滋長的樹木氣息。

小結一邊快跑穿過通往公寓的散步道、一邊忍不住抬頭仰望位於五樓角落的自家浴室窗戶。小結擔心著萬一龍長大了，尾巴可能會露出窗外。不過，午後的公寓只是靜靜地佇立在一片蒼鬱的高山前方。

小結在等電梯時豎耳傾聽，並嗅了嗅風的味道。小結擔心她不在家的這段時間裡，會不會發生了什麼事。

小結繼承了媽媽家族的好耳力以及靈敏嗅覺，總是帶給她可靠的消息。不過，在圍繞住公寓的風中，小結沒有發現什麼特別的動靜。也沒有聞到鬼丸爺爺或祝姨婆的氣味。小龍似乎還乖乖待在浴室裡。

小結總算有些放下心地踏進電梯，然後按下五樓的按鈕。

打開玄關門的那一刻，媽媽簡潔有力的聲音立刻傳入小結耳中：

「孩子們！你們準備好了嗎？」

「好了！」小匠和小萌答道。

媽媽右手拿著殺蟲劑，發現小結回來後，展露微笑說：「喲？小結，妳回來得正好。我們正好準備把龍趕走。」

「殺蟲劑趕得走龍嗎？那是用來噴蟑螂的耶。」小結感到難以置信地看著媽媽說道。

「我要用水槍對付龍。」

小匠懷裡抱著引以自豪的水槍，那是他去年收到的聖誕節禮物。這把水槍附了兩只黃色水箱，是最新型的超大號玩具水槍。

「我要用可琴對物龍。」小萌露出認真表情、口齒不清地說道，並遞出銀色口琴給小結看。

「妳要用那把口琴打龍啊？」

聽到小結的詢問後，小萌嘟起嘴巴搖搖頭說：「才不是呢。我要

3 小龍築巢

吹可琴把龍嚇跑。就像超音波攻擊那樣。」

「姊姊妳也快去拿武器來。等妳拿來後，我們就開始作戰。」

小匠一副已準備好迎戰的模樣對小結發出命令，小結卻是提不起勁來。

殺蟑螂的殺蟲劑、玩具水槍加上口琴……這些東西有辦法趕走龍嗎？雖說對方還是小寶寶，但畢竟是龍族成員。說到龍，自古以來就是勇者們絞盡腦汁，並賭上性命與其戰鬥的存在。面對這麼難搞的龍，想要用日常用品來應付，未免也太輕敵了吧。

「小結，妳要拿什麼？要不要去陽台拿棉被拍過來？」媽媽一副輕鬆模樣詢問小結。

「不用……有這個就夠了。」

說罷，小結卸下肩上的書包放在玄關角落，然後從書包裡抽出從學校帶回來的長笛，並開始組合長笛。

「姊姊也要用超音波攻擊喔？」

小萌一邊拿著閃閃發亮的口琴、一邊開心地看向小結。

小結皺起眉頭，然後在小萌面前揮動手中的長笛一圈說：「怎麼可能。我是要用這東西去揍那條可惡的龍。」

「準備進攻！」媽媽語調果斷地說道。

「收到！」小匠答道。

「OK。」小結不得已也點了點頭。

「縮到！」小萌也大聲答道。

「進攻！」在媽媽大聲發出號令下，四人一齊迅速衝向浴室門。

信田家四人非常勇敢地展開搏鬥。媽媽拚命噴殺蟲劑直到噴不出東西來，小匠則是一直發射水槍直到兩只水箱都見了底。小結像在揮舞長劍似的揮動長笛，小萌則是一直吹口琴吹到快沒氣。

經過一番搏鬥後，得到了四個結論。

1 用殺蟑螂的殺蟲劑對龍一點兒效果都沒有。

2 長笛根本打不到龍。（感覺就像在水中攪拌一樣打不到東西，就連長笛前端都碰不到浮在半空中、身體輕飄飄的龍。）

3 龍很喜歡人家用水槍射牠。（小匠每次用水槍射龍，龍就會發出「咯、咯、咯」的笑聲。）

4 龍非常喜歡聽口琴聲。（龍最後竟然配合著小萌的口琴聲，在浴室的天花板上跳起舞來。）

四人的作戰宣告失敗。

「沒用。一點兒效果都沒有……」媽媽一邊用手搧去仍瀰漫在空氣中的殺蟲劑味道、一邊唉聲嘆氣說道。

「想用這種工具跟龍打鬥本來就太天真了。你們看！那傢伙變得比原本更有精神了！」小結以快哭出來的聲音喊道。

「那傢伙好像愛上了水槍耶。」小匠一邊顯得開心地嘀咕道、一邊發出咯咯笑聲。

「牠好像也很喜歡可琴的聲音呢。早知道就帶牠一起去幼稚園……」小萌發表了感想。

「吼！我受不了！」媽媽終於發飆了，「氣死人了！我們明明是想要知道怎樣才能夠趕走龍，現在卻只知道怎樣才能夠討龍歡心！開什麼玩笑啊，害我弄得滿頭大汗！」

「媽媽，我們要怎麼洗澡啊？」小結以感到厭煩的聲音，第三次提出昨晚就詢問過的問題。

聽到小結的詢問後，媽媽立刻斬釘截鐵地回答：「怕什麼，直接進來洗澡就好了。而且馬上就洗。沒必要再繼續忍耐下去了。這裡是我們家的浴室。不用管牠想要幹什麼！」

一說完話，媽媽突然開始刷起浴缸。小結、小匠與小萌都露出驚訝表情互看著。

「媽媽……可是，龍在這裡耶……」看著媽媽以猛烈的速度刷著浴缸，小結戰戰兢兢地搭腔說道。

「不用理牠。不會有事的。只要我們沒有採取任何行動，牠也會乖乖待著。媽媽先帶小萌一起洗，等一下換小結帶小匠一起洗。」

「我可以自己洗啊。」小匠抱怨說道。

「不行、不行。誰知道你會做出什麼令人頭痛的事情來。萬一你故意去惹龍，然後跟爸爸一樣被抓傷怎麼辦？聽話喔。小結，交給妳了喔。」

「知道了……」

小結和小匠彼此露出不悅表情互瞪對方一眼。

因為浴室裡還瀰漫著殺蟲劑的味道，媽媽一邊在刷洗得亮晶晶的浴缸裡放水、一邊打開抽風機的電源。不知道是不是察覺到空氣在流動，龍放棄繼續在天花板上飛來飛去，然後迅速鑽進巢穴裡，並且一副充滿戒心的模樣抱住雲朵。

媽媽一邊擦拭滴落下來的汗珠、一邊仰望龍的巢穴說：「牠在注意不要讓自己被抽風機捲進去。只要讓抽風機轉動，牠一定不敢從巢穴裡跑出來。」

「媽媽，真的沒有其他什麼好辦法了嗎？比方說，有沒有趕走龍的咒語，或是讓龍飛回天上去的法術之類的？」

小結詢問後，媽媽無力地搖搖頭說：「行不通的。如果是我把龍叫來，就能夠讓牠回去，但這條龍是自己跑來我們家……根本沒有做出召喚的動作，當然也沒有方法趕牠回去。」

「沒辦法聯絡爺爺嗎？不能拜託爺爺趕快把龍帶回去嗎？」

「我從昨晚就一直靠念力呼喚爺爺呼喚了好幾次，但是都沒用。爺爺果然在氣我們趕走他。」

小結用力嘆了口氣。看來現在只能夠等龍自己改變心意了。

媽媽幫小萌洗戰鬥澡的這段時間，龍一直乖乖待在巢穴裡。龍似乎很喜歡從浴缸湧起的白色水蒸氣，還窩在雲朵之中打起了瞌睡。

媽媽和小萌泡完澡後，為了避免吵醒龍，小結靜悄悄地用熱水沖過身體一遍，然後憋住呼吸地泡進浴缸裡。然而，當小結看見小匠跟在後頭進來洗澡時，忍不住驚訝地大叫了一聲。

「拜託，你又拿著水槍進來做什麼?!」

「沒事、沒事。」

說罷，小匠嘩啦嘩啦地用熱水沖過身體，並猛力地跳進浴缸來。然後，小匠舉高抱在懷裡的水槍，對準天花板上的龍巢穴。

「快住手！要是龍抓狂了，怎麼辦？」

「不會有事啦。那傢伙很喜歡水槍。」

小匠不聽小結的勸阻，並突然朝向雲朵射出水柱。

水柱發出「噗咻」一聲擊中巢穴裡的龍。

「救命啊！」

看見水滴從天花板上滴下來，小結抱頭大叫。

小結看見雲朵開始晃動，小龍跟著頂出頭來。小龍一副有些吃驚的模樣俯視著浴缸。

噗咻！

小匠用水槍再次射出水柱。

小龍發出了「咯、咯、咯」的笑聲。牠似乎很喜歡水槍。可能是強力水柱沖著肚子，讓小龍覺得很舒服吧。小龍扭動著身軀，藍白色鱗片隨之閃閃發光。

「妳看！」小匠一副勝利模樣喊道，繼續對準小龍射出水柱。

龍一邊發出「咯、咯、咯、咯、咯」的笑聲、一邊開始在天花板上飛來飛去。

「喏！小傢伙、小龍，來！我再射一次喔。」

小匠也一副興高采烈的模樣發射水槍。小結不禁抬頭仰望天花板，然後看著飛來飛去的小龍看得入神。

紅色的朦朧夕陽從浴室的小小窗戶射進來。夕陽籠罩下，小龍的身軀一邊在空中游動、一邊不停閃閃發光。小龍一邊擺動長了角的頭部、一邊舞動身軀，在狹窄的天花板上不停繞著圈子，簡直就跟中國舉辦慶典時的舞龍沒兩樣。

不知不覺中，在天花板角落形成的灰色雨雲，也隨著小龍的動作在浴缸上方捲起漩渦。小龍顯得愉快地在雨雲形成的漩渦之間穿梭游動。當小龍舞動身軀，讓埋入雲朵之中的身軀暴露在夕陽下時，裹住全身的鱗片就會閃閃發光，看起來就像用珠寶做成的玩具。

「好漂亮喔……」

小結朝向捲起漩渦的雲朵伸出手，都忘了自己不久前還打算用長笛毆打可惡的小龍。令人訝異地，閃閃發光的小龍竟然飛到了小結手上，然後伸出像蛇一樣前端分岔的舌頭，舔著小結的手掌心。

小結嚇了一跳地打算縮回手，但小小舌頭舔得令人發癢，所以忍不住縮起脖子笑了出來。

「好乖喔、好乖喔。」

小匠也試著用指尖撫摸小龍背上的柔軟鬃毛。小龍這回換成用尾巴纏住小匠的手，然後舔了一下小匠的鼻尖。

小結和小匠互看著笑了出來後，小龍也跟著發出「咯、咯、咯」的笑聲。

小龍從小匠手上飛向天花板時，有東西滴落在小結的臉上。

「啊！」

泡在浴缸裡的兩人，同時抬頭看向因為小龍在天花板上飛來飛去，而捲起的雨雲漩渦。

這時，在天花板上捲起漩渦的雨雲下起雨來。

豆大雨珠發出「嘩」的聲音落在浴缸上。

「下雨了！頭髮都溼了！」

小匠讓身體浸入熱水中，並興奮地大叫。小結也一邊擰著溼答答的頭髮、一邊笑了出來。

「有什麼關係?!我們在淋浴啊！反正那是收集浴室裡的水蒸氣形成的雲，所以跟淋浴的意思一樣啊！」

浴缸的熱水掀起波浪，濛濛一片白色水蒸氣隨之湧上。浴室裡已經完全看不見天花板，也看不見小龍的身影。

霧濛濛之中，小龍顯得開心的「咯、咯、咯」笑聲響起。

祝姨婆的預言

這天晚上，爸爸下班回到家，祝姨婆也幾乎同時出現在客廳沙發上。

祝姨婆今晚沒有抱著龜甲，但換成了超大顆的水晶球。她披著黑色長袍盤腿坐在沙發上，並且把雙手舉得高高的。信田家全家人都感到厭煩地望著這般模樣的祝姨婆。不出所料地，祝姨婆在下一刻以大家熟悉的台詞大聲喊出不祥徵兆：「災難啊，災難！災難即將降臨！」

「晚安。」爸爸說道。

特地前來告知預言，說到一半卻被打斷，祝姨婆露出不悅表情放下高舉的雙手，瞪著爸爸說：「聽好。我說的災難即將降臨，是說即將降臨這個家耶。」

爸爸強忍住不耐煩的情緒，在臉上浮現微笑說：「……您說的災難早就降臨了。牠從昨晚就住在我們家浴室，甚至築了巢穴。」

「牠才不是什麼災難呢！」

站在電視機前面的小匠突然大聲喊道，大家都嚇了一跳地轉頭看向小匠。小匠生氣地瞪著爸爸和祝姨婆說：「小龍很乖，牠是個好寶寶。你們不要說牠是災難啦。我不想再聽什麼唬人的預言了！」

聽到小匠的話語後，祝姨婆一副壞心眼模樣瞇起眼睛說：「這樣不乖喔，目中無人的小少爺。」

祝姨婆以捉弄人的口吻這麼呼喚小匠後，豎起一根塗了紫色指甲油、宛如枯樹枝般乾巴巴的手指，用力頂了一下小匠。

「你要是繼續這麼沒禮貌，災難就會纏著你不放喔。你看！災難的腳步慢慢朝向你逼近了。等到巨大災難的陰影把你整個人吞下去的時候，後悔就來不及了。你很快也會知道如果有人瞧不起祝姨婆的預言，將會遭遇什麼樣的悲慘命運。」

與其說預言，祝姨婆以更像在詛咒人的語調說出這般話語，使得聚集在客廳的所有人都感到背部一陣涼。

這時，媽媽抱住開始驚慌起來的小匠肩膀，然後朝向祝姨婆說：「阿姨，妳別再嚇唬小匠了啦。我們受過的災難已經夠多了……先不說這個了，可不可以麻煩妳回到山上後，傳話給我爸？請妳告訴我爸因為他把東西忘在這裡，害得我們非常困擾，請他儘快來認領回去。」

祝姨婆用鼻子發出「哼」的一聲，然後冷漠地別過臉去說：「鬼丸不太可能來吧。他很氣你們的態度。聽說他很久沒來探望孫子，你們卻叫他趕快回去，然後趕走他啊？鬼丸說絕對不會再來你們家呢。」

爸爸與媽媽互看一眼後，打算開口說些什麼時，祝姨婆又以裝模作樣的動作，忽然舉高雙手說：「你們要小心應付災難。災難正扭動著身軀，無聲無息地靠近這個家。」

然後，祝姨婆來無影，去也無蹤地突然從沙發上消失不見了。

爸爸一邊脫去西裝外套、一邊深深嘆了口氣：「總之呢，現在至少確定解決了一個災難。」

「真是的，祝姨婆自己才是災難的源頭。」小結表示同意地說道，「祝姨婆就不能偶爾說『幸運即將降臨』嗎？」

雖然小匠仍露出顯得有些不安的表情，但聽見小結的話語後，便笑了出來。

媽媽一邊用衣架掛起爸爸的外套、一邊手腳俐落地整理袖子。

「老公，我現在就去準備晚餐，你先洗澡吧。」

「好……」爸爸點頭點到一半時，一副突然想起了什麼的模樣看向媽媽說：「不對，那條小龍不是還在浴室裡面賴著不走嗎？」

「嗯……對啊。不過，沒問題的。」媽媽答道。

「爸爸，沒問題啦。小龍很乖的。」小結說道。

「牠超……超可愛的。還會用舌頭舔我的臉耶。」小匠表現熱忱地插嘴說道。

「跟你說喔！我吹可琴的時候，牠還跳舞呢……像醬跳舞！」興奮不已的小萌以尖銳的聲音大叫後，立刻學起小龍跳舞。

小萌一邊扭曲擺動身體、一邊在客廳裡跑來跑去，爸爸急忙抱起她說：「好、好，爸爸知道了啦。看來小龍一天就完全把妳們給收買了啊。」

爸爸面帶苦笑進去浴室洗了澡。

這天晚上小龍也沒有用爪子亂抓爸爸。小龍努力地做著新雲朵築巢，看來似乎愛上了在公寓浴室裡的生活。之前的舊雲朵巢穴已經完全化成雨水，消失不見了。然後，到了隔天早上，又出現一朵新的雲朵巢穴浮在信田家的浴室天花板上。這次的雲朵比之前的雲朵大了一些，信田家全家人探出頭一看後，發現小龍躺在新的巢穴裡呼呼大睡。隨著雲朵巢穴的尺寸變大，小龍的身體好像也大了一些。

「以後會怎樣啊？」爸爸壓低音量詢問媽媽，「應該會這樣愈長愈大，大到塞不進浴室吧？」

媽媽沉思了一下子後，低聲回答：「嗯。

牠應該會一點一點慢慢長大吧。不過，在這間浴室裡不可能做出多大的雲，所以小龍應該不會長到比牠的巢穴還要大吧。小龍是收集浴室的水蒸氣在築巢，又不可能像在天上那樣收集到大氣裡的水蒸氣。」

「……也就是說……」爸爸也沉思了一下子，「牠會保持適合在住宅區生活的大小囉？」

「……應該吧。」媽媽回答時，小匠從旁插嘴說：「那這樣，就可以在我們家養了喔！」

爸爸與媽媽互看一眼後，深深嘆了口氣。媽媽悄悄地關上浴室門，然後凝視著小匠，「我們……是不可能一直養牠的。小龍待在我們家的這段時間，是不會突然長得很大，但是牠不可能一直保持這樣小小的體型。因為牠可是雲龍的寶寶啊。從這季節開始，直到夏天結束為止，住在天上的雲龍會愈長愈大，然後做出能夠覆蓋天空的雲朵巢穴。然後，在夏天進入尾聲的時候，雲龍就會從天上的巢穴朝著地面衝下來。你們不是也看過閃電嗎？那就是雲龍朝著地面衝下來的身影。」

「雲龍朝著地面衝下來後會怎樣？」這回換成小結問道。

媽媽沉默了一會兒後，語調平靜地回答：「……媽媽也不知道在那之後會怎樣……」

「……會死掉嗎？」小匠輕聲快語地問道。

看見三個小孩仰頭望著自己，媽媽注視著三人好久後，開口道：「媽媽真的不知道會怎樣。不過，媽媽知道一件事情。那就是雲龍是水精靈，然後水精靈會跟大地精靈結婚喔。水跟大地結合後，就會生出小孩來。雲龍就是為了達到這個目的，才會在夏天進入尾聲的時候從天上飛下來。」

「小孩？就是雲龍的寶寶嗎？」小匠再次問道。

媽媽一邊笑笑、一邊搖搖頭：「不是。你們猜水跟大地的小孩是什麼？你們應該非常熟悉才對啊……」

結果是爸爸先回答了。

「我知道了！」爸爸表情豁然開朗地大叫一聲，「是稻子吧？不對，應該說米就好了。」

媽媽一邊笑笑、一邊對著爸爸點點頭，「答對了！」

「什麼意思？」

小結三人露出呆然表情互看著。

爸爸代替媽媽回答：「意思是說，天上的水落在大地上，再跟大地結合後，就會長出稻子。人們以前就會說稻穗上結成的米，是水和大地的孩子們。」

媽媽接續爸爸的話語：「沒錯。然後，雲龍是為了讓大地長出稻穗而存在的精靈。雲龍在天上形成雨水，然後用雨水滋潤稻田，最後在夏天進入尾聲時落在大地上，讓稻草結成稻穗。沒有人知道雲龍落入大地後會怎樣。不過啊，到了隔年春天，稻田灌滿水時，從山上流下來的河水之中，又會有很小很小的雲龍寶寶生出來，然後飛到天上去。所以，媽媽在猜雲龍不會死。我想雲龍會從大地飛上天空，再從天空飛落大地，然後不斷地反覆復活，一直活下去。」

媽媽這麼說完後，笑著拍了拍小結與小匠的肩膀，「好了，快吃飯吧。不然上學要遲到了喔。小萌還要趕快換上幼稚園的制服呢。」

然而，小龍似乎暫時都沒有打算離開信田家浴室的意思。小龍差不多每三天就會讓浴室下一場小雨，然後再做更大一些的新雲朵巢穴，並隨著每次築巢就會長大一些，而大家跟小龍也已經混得很熟了。雖然小匠煩惱過是否應該餵東西給小龍吃，但小龍似乎不需要吃東西也能夠活下去。

「我想小龍應該會吃水氣吧。就像仙人會吃霧氣一樣。」媽媽說道。

不過，信田家的三個小孩還是不死心，只要是能夠吃的東西，都會拿給小龍嘗試。

蘋果、小黃瓜、竹輪魚板、熱狗、洋芋片、巧克力、麵包邊、葵花籽、白飯、拉麵、玉米片。

小龍對幾乎所有食物都不感興趣，只有對葵花籽和玉米片好像有一些興趣，牠嗅了嗅味道後，咬下了一小角。

就這樣嘗試各種食物後，小萌發現了小龍最喜歡吃什麼。小龍最喜歡吃的竟然是薄荷糖。

小萌從裝了五彩繽紛的糖果、形狀四四方方的罐子裡，抓出自己最討厭的薄荷糖時，小龍立刻從雲朵巢穴衝出來，迅速飛到小萌的肩膀上。

讓人覺得涼快起來的薄荷香氣，漂蕩在狹窄的浴室裡。小龍發現香氣來自小萌手上的白色糖果後，立刻探出長長身軀，並用長出爪子的雙手牢牢抱住薄荷糖舔了起來。

看見小龍顯得開心地發出「咯、咯、咯」的笑聲，小萌欣喜若狂地說：「媽媽……小結姊姊！小匠哥哥！小龍在吃糖耶！牠在舔薄荷糖耶！」

從此之後，小龍每天都會分到一顆薄荷糖吃。看見小龍時而用咬的、時而用舔的，吃著如冰山碎片般的藍白色糖果，讓人覺得愉快極了。

儘管如此，為了怕小匠不小心忘記重要的事實，媽媽每天還是會提醒著：

「你沒忘記吧？我們不可能讓小龍一直住在這裡喔。總有一天要讓小龍回到天上去，不然對小龍本身肯定也不好。如果小龍一直身體小小的住在這麼狹窄的浴室裡，就太可憐了，對吧？」

只不過，大家都不知道什麼時候要讓小龍回到天上去。

到了某一天……

小結跟平常一樣放學後回到自己家的公寓前方時，突然感到一陣不安，不禁在候梯大廳前方立定不動。

從山上吹下來的風穿過公寓，集中到了候梯大廳入口處。小結聚精會神，並試圖在風中找出讓她感到不安的原因。小結繼承了狐狸種族的靈敏聽覺以及嗅覺。

「媽媽的血統讓妳擁有了『順風耳』喔。」媽媽曾經這麼告訴小結。

無論任何時候，風總會告訴小結很多事情。比起用眼睛看，風讓她知道更多事情。

小結此刻正在聆聽風說話。在從大廳吹過來的風中，找出熟悉的自家味道後，小結集中精神地去感覺風兒的動靜，結果忍不住吃了一驚。

「怎麼會這樣？他來做什麼？」

小結的鼻子也確實聞到了新訪客的氣味。

不請自來的訪客。

家裡感覺不到媽媽和小萌的動靜。媽媽似乎帶著小萌去買晚餐的材料了。小結目前所站的大廳入口處附近，還留有媽媽和小萌的氣味，可見她們剛剛離開不久。

……也就是說，現在家裡只有小匠、小龍，還有一位訪客。一股不好的預感確實湧上小結的心頭。

要趕快回去才行！

小結快跑衝進電梯的瞬間，另一人穿過就快關上的電梯門縫鑽了進來。

「喲？小結，妳回來了啊。」

那人是住在隔壁的森山阿姨。

「啊……是啊。」

小結急忙行了一個禮，然後迅速從森山阿姨身上別開視線。小結不太會應付這位鄰居阿姨。不知道為什麼，這棟公寓裡的大小事情都逃不過森山阿姨的眼睛。

像是某某人家買了新的沙發和桌子，或是某某人家的兒子今年沒考上大學，甚至是小結和小匠的吵架結果，森山阿姨全都一清二楚。

心中藏有重大祕密的時候，最不希望跟這種人有瓜葛。

「天氣愈來愈熱了喔。梅雨季是不是已經過了啊？」

「是啊……」

小結簡短地回答時，森山阿姨一副忽然想起了什麼似的模樣詢問：「對了，小結啊，妳們家是不是在養什麼寵物啊？」

小結嚇得差點心臟跳了出來。

「咦？」

電梯慢吞吞地往上爬，小結在電梯裡倒抽了一口氣，然後凝視著森山阿姨。

「因為啊，上次我聽到小萌說『我們家的小寵物最喜歡吃薄荷糖了』……有什麼寵物會吃薄荷糖嗎？」

「沒……沒有。怎麼可能有這種寵物……」

小結露出笑容試圖敷衍，但森山阿姨不肯挪開犀利目光。

「……啊！會不會是那個啊？小萌可能是在說蜘蛛吧？」

小結帶著被逼到絕路的心情，拚命地思考藉口。

「蜘蛛？」

森山阿姨顯得有些驚訝地皺起眉頭。

「是啊。上次有一隻大蜘蛛爬進我們家浴室，不管我們怎麼拚命趕牠，就是不肯走。雖然我們都覺得很傷腦筋，但小萌和小匠突然說什麼要把蜘蛛當成寵物養……我想小萌一定是在說蜘蛛吧。不然我們家根本沒有養其他什麼寵物啊。」

「可是……蜘蛛有可能吃糖果嗎？」

森山阿姨一副感到可疑的模樣歪著頭。

「當然不可能啊！」小結急忙斬釘截鐵地做了否定，「不過……小萌每次扮家家酒假裝在養寵物的時候，總會想要拿糖果給寵物吃。不只有蜘蛛而已呢。不管是小狗、小貓，還是金魚，小萌只要看到動物，就會馬上想要餵糖果給牠們。她一定是覺得只要是自己喜歡的東西，別人也都會喜歡吧……」

「不過，小萌還真是有趣呢。竟然會想把蜘蛛當成寵物，跟其他小女孩很不一樣。」

看見森山阿姨笑了一聲說道，小結鬆了口氣。

「雖然我們這棟公寓的環境很好，但因為距離山很近，所以經常有昆蟲飛進來，真是傷腦筋喔。像我們家上次吃晚飯的時候啊，就有一隻金龜子從窗戶飛進來，然後掉進我女兒的咖哩飯裡。嚇得我們全家都跳了起來……」

森山阿姨準備開始長篇大論時，電梯總算到了五樓。

「那麼，我先走了！」

小結像逃跑似的迅速穿出慢慢開啓的電梯門之間，卻被森山阿姨叫住。

「對了！小結。我有教過妳媽媽，用殺蟑螂的殺蟲劑對付蜘蛛很有效喔。」

「喔，我知道了。我會告訴媽媽的……」

小結無奈地點了點頭後，在走廊上迅速跑走。

「我回來了！」

小結衝進玄關時喊道，但沒有得到回應。她脫下鞋子，然後直接背著書包不出聲地闖進玄關旁的房間。

「我回來了！」

小結又大喊了一次，並打開房門。這間房間是小結和小匠兩人共用的寢室兼書房。

「妳回來了啊。」

小匠在書桌上翻開數學練習本，裝作若無其事地抬起頭來。雖然小匠裝出一直在寫功課的模樣，但小結當然很清楚那是不可能的事情。小結迅速環視房間一圈，但沒發現任何人的身影。不過，就算再怎麼巧妙地藏起身影，也不可能瞞得過小結的鼻子。

「夜叉丸舅舅，歡迎來我們家……我知道你在那裡。」

小結在胸前交叉起雙手，然後對著空蕩蕩的上下床鋪，以有些壞心眼的口吻呼喚夜叉丸舅舅。

這時，上下床鋪的下床陰影晃動了一下，夜叉丸舅舅隨之突然現身。頭上戴著破破爛爛的漁夫帽，並且把帽緣壓低到眼睛上方。長髮及肩，褪了色的打獵襯衫，搭配卡其色垮褲。夜叉丸舅舅變身成人類出現時，總是這副模樣，而這也是他最喜歡的裝扮。

「繼承了狐狸血統的摯愛姪女啊！」夜叉丸舅舅閃閃發光的眼睛從帽子底下直直盯著小結，並且低聲說出如咒語般的話，「但願榮耀歸於妳的順風耳！」

小匠瞥了夜叉丸舅舅一眼後，聳了聳肩說：「呿！姊姊每次都會很快就嗅出人家的祕密。」

「有什麼祕密？」小結正言厲色地反駁說道，「不能讓我知道夜叉丸舅舅來家裡嗎？」

小匠把話含在嘴裡碎碎念著，根本聽不清楚他在抱怨什麼。小匠八成是與夜叉丸舅舅在交談只屬於兩人的祕密。

說到喜歡冒險的夜叉丸舅舅，不但是在信田家，在狐狸家族之間也是評價極差。夜叉丸舅舅總是做出一些令人難以置信的事情，然後帶給大家麻煩，就連鬼丸爺爺也會板著臉大怒。

今年過年的時候也是這樣，聽說夜叉丸舅舅喝了很多酒而興奮失常，結果特地跑到熊野山中去捉弄三足烏鴉家族。

據說三足烏鴉過去以天照大神[3]的使者身分被派到凡間來，其眾多子孫們就住在熊野山中。過年時舅舅闖進三足烏鴉家族的大本營，並且帶走了三足烏鴉視為寶物的破布。

雖然小結不明白為什麼一塊破布會被當成寶物，但根據夜叉丸舅舅的說明，聽說那是因為過去三足烏鴉勞苦功高，所以天照大神賞賜了手帕給牠們。聽到這段說明時，小結覺得可信度很低。神明可能拿手帕來賞賜有功者嗎？那豈不是跟一些商店街分發的贈品沒什麼兩樣。

後來小結終於搞清楚是怎麼回事，那塊破布根本不是三足烏鴉的寶物。那是熊野某處的神社掛在洗手台上的擦手巾，而夜叉丸舅舅擅自帶了回來。

別說是捉弄烏鴉了，夜叉丸舅舅反而被烏鴉們捉弄得很悽慘，還被啄來啄去，沒命地躲進附近的神社。那也就算了，沒想到夜叉丸舅舅還偷拿正殿的供品來吃，然後拿走擦手巾逃回山上。如果照實說出來實在太丟臉了，所以夜叉丸舅舅憑空捏造說自己把三足烏鴉的寶物偷了回來。

不過，夜叉丸舅舅做出這麼有趣的事情，愛說話的烏鴉們當然不

3 日本神話中地位最高的神明，也是高天原的統治者與太陽女神。

可能一直保持沉默。謠言就這麼在熊野的烏鴉們之間傳了開來，當謠言傳到狐狸居住的山上時，真是把鬼丸爺爺給氣壞了。

「簡直是狐狸家族之恥！」鬼丸爺爺破口大罵夜叉丸舅舅。

在那之後，大家對夜叉丸舅舅比以往更加不信任。不僅是狐狸同伴們，連媽媽和爸爸也不信任夜叉丸舅舅。

不過，只有小匠的反應不同。小匠從以前就很喜歡夜叉丸舅舅，也比任何人都尊敬舅舅。夜叉丸舅舅在描述可疑冒險故事時，大概也只有小匠會雙眼炯炯有神地聽得入神。夜叉丸舅舅也非常瞭解這樣的事實，所以今天才會刻意選在媽媽和小萌出了門，家裡只剩下小匠一人的時間出現。

「你們剛剛在聊什麼？」

小結企圖試探小匠。

「沒有啊。」

小匠裝作不知情的樣子。

「我們在聊新的冒險故事。」

夜叉丸舅舅代替小匠回答。

「這次旅行是最辛苦的一次。我越過好幾座山頭，去到位在最盡頭的藥師森林。

那裡有巨大的蛇群守護，禁止別人進入那片森林。森林裡長出好幾萬種樹木，每一種樹木結成的果實都可以拿來做成藥。濃密的森林覆蓋住陡峭高山，上面還結著五顏六色的果實，說到那光景真是美呆了。

每棵樹木底下都有一條蛇負責守護。很大條、很大條的蛇。那些蛇盤繞在粗大的樹根上，然後團團抱住樹幹。其中包括了感冒藥的樹、頭痛藥的樹、腹痛藥的樹，還有治療香港腳、牙痛的藥樹呢。

不過啊，能結出最好藥果的樹一看就看得出來。因為那棵樹有條

白蛇在守護。說到這個白蛇，在所有蛇當中，也是最狡猾、頭腦最好的蛇。白蛇負責守護的樹木，會長出特別重要的珍貴藥果……好比說什麼長生不老的藥啊，頭腦會變好的藥啊，或是能夠在天上飛的藥之類的。」

「舅舅，你有採到這種藥果回來嗎？」

小結不禁被話題吸引而發問。問題就出在這裡。夜叉丸舅舅說的話總是那麼有趣，真是教人頭痛。小結能夠明白小匠為何那麼喜歡夜叉丸舅舅。假如小結不知道夜叉丸舅舅是個愛吹牛的人的話，也會很崇拜他。

「舅舅沒能採到長生不老的藥。那棵樹是由蛇王負責守護，就只有這條蛇，不管發生任何事情，都不會睡著。從牠出生到現在，已經有九百年沒睡覺了。蛇王把長得像燈籠草的眼珠睜得大大的在守護樹木，是個超級難搞的傢伙。不過，我有拿到其他幾種好玩的藥果就是了。」

夜叉丸舅舅露出不懷好意的笑容，與小匠互看一眼。一股不好的預感再次湧上小結的心頭。小匠一副得意模樣做起描述：「舅舅說他使用一種叫做催眠笛的笛子，讓森林裡的蛇都睡著，然後採了樹上的果實回來。

因為齋奶奶這陣子頭痛得不得了，所以舅舅為了得到頭痛藥，才特地去到藥師森林喔。聽說奶奶吃了舅舅拿回來的果實後，頭痛的毛病立刻好起來。以前不管奶奶吃了什麼藥，都治不好頭痛，舅舅拿回來的藥真是太厲害了。」

「是喔。」小結一邊思考夜叉丸舅舅與小匠交換眼色所隱藏的意思，一邊含糊地點了點頭。

這時，傳來玄關門打開的聲音。

「我們回來了。小結，妳回到家了嗎？」

媽媽回來了。

「姊姊，哥哥，我們埋冰淇淋回來了喔！」小萌口齒不清地大聲喊道。

這時，坐在床上的夜叉丸舅舅用手扶住帽緣說：「那麼，我摯愛的姪子、姪女啊！再會啦！」

夜叉丸舅舅突然從小結和小匠面前消失了身影。小結感覺著房間裡的動靜，等到確定夜叉丸舅舅已經離開之後，小結露出探究目光看向小匠說：「我問你，你們是不是在商量什麼壞事？」

「才沒有呢。」

小匠露出生氣表情別過頭去，讓小結覺得真的很可疑。

基本上，夜叉丸舅舅會趁媽媽不在家的時候出現，一知道媽媽回來就馬上消失不見，證明他一定有什麼不敢讓她知道的事情。還有，小匠那麼尊敬這個吹牛舅舅，一定也配合舅舅隱瞞著什麼事情。

「小匠……」

小結開口打算繼續追究下去時，小匠轉動旋轉椅發出嘎吱聲響，猛然從書桌前站了起來。

「小結姊姊，妳不去吃冰嗎？趕快先洗手漱口比較好喔。我先去了喔。」

小結注視著小匠迅速走出房間的背影，然後輕輕嘆了口氣。

小結有種不好的預感。雖不是刻意想要模仿祝姨婆，但小結真的有種要發生什麼壞事的預感。

不過，當小結洗完手、漱完口，開始吃起媽媽買回來的巧克力堅果冰淇淋後，便把這般不好的預感完全拋在腦後了。

新災難在這時已經扭動著身軀，無聲無息地來到信田家附近。

5 另一場災難的出現

夜叉丸舅舅來訪後的這幾天，信田家的生活顯得十分和平。

小龍依舊在浴室的天花板上築巢，再讓雲朵下一場小雨，並且又長大了一些。小學裡的游泳課已經開課，公寓後山時而傳來蟬叫聲。暑假慢慢接近的季節裡，小結、小匠的每一天縈繞著特別的氣氛，讓人興奮得難以鎮靜。

小匠最近有事沒事就愛抓背部，所以媽媽擔心著小匠可能得了嚴重的汗疹，但說到這個小匠，別說是塗抹止癢膏，他甚至不肯給媽媽

看背部，到處跑給媽媽追。

事情發生在這般日子的某天晚上。這天一整天都非常悶熱，即使到了晚上，黑暗之中仍充滿溼答答的熱氣。

小結在床上大動作地翻了一個身之後，在黑暗中睜大眼睛。

小結發現有人悄悄關上通往走廊的房門，偷偷摸摸在走廊上走著，並準備走向客廳。家中一片靜悄悄，媽媽和爸爸似乎都入睡了。

那應該是小匠的腳步聲……小結很快地做出這般猜測。小匠肯定是睡到一半醒來，所以打算去廚房喝口茶。小結踢開因為汗水而變得黏答答的涼被，離開床鋪走出房門。其實，小結也覺得口渴極了。

因為怕吵醒爸爸、媽媽和小萌，小結躡手躡腳地走向客廳。通往客廳的門敞開著，從廚房流洩出來的藍白色光線，慢慢融入一片黑暗的客廳之中。

看來，果然是小匠走到廚房打開了冰箱。朦朧的藍白色光線就是從冰箱滿溢出來。

小結穿過餐桌旁，朝向廚房直直走去。

「小匠，我也要喝茶……」

對著弟弟的背影搭腔後，小結倒抽了口氣，並且就這麼僵住不動。

果然是小匠來到廚房沒錯。穿著睡衣的小匠就站在完全敞開的冰箱門前面。

可是，小匠根本不是在喝麥茶，只見小匠在藍白色光線籠罩下，把一顆圓滾滾的蛋丟進了嘴裡。

「你……剛剛吞了什麼？」

小結抱著難以置信的心情，直直注視著弟弟臉頰大大鼓起的臉。

咕嚕……小匠發出聲音吞下了嘴裡的東西。

「你、你剛剛吞了……生雞蛋對吧？」

小匠抬頭望著小結。看見弟弟的嘴角浮現淡淡笑意，一陣寒意爬上了小結的背脊。

「你在幹嘛啊？睡昏頭了啊？小匠，醒一醒啊！你連殼吞下雞蛋到底在幹嘛啊?!」

「因為很好吃啊。」小匠一邊笑笑、一邊回答。

小匠一開口說話，就會有東西在他嘴裡輕輕發出「喀嚓喀嚓」的聲音。小匠嘴裡似乎還有蛋殼。在僵住不動的小結面前，小匠微微皺起眉頭，然後把手指伸進嘴裡，挖出已經被壓得扁扁的蛋殼。他把蛋殼丟進流理台角落的籃子裡，然後一副什麼事情都沒發生過的模樣穿過小結身旁。

「小匠！」

小結吃驚地發愣望著弟弟朝向走廊走去的背影。

「發生什麼事了？小結？妳在做什麼？」媽媽推開和室的拉門，

並探出頭問道。

「小匠……」

小結說不出「他吞了生雞蛋」這句話。她把沒說出口的話語藏在心底，然後迅速改口說：「小匠說他口渴，所以出來喝麥茶。我現在也準備要來喝……」

「喔。今天晚上真的很悶熱呢。妳喝完麥茶後，快去睡覺喔。」媽媽一邊打著哈欠、一邊這麼說完後，便關上拉門躲進和室裡去了。

小結輕輕關上敞開的冰箱門。那動作就像想把祕密遮蓋起來一樣。小結已經沒有心情喝麥茶了。比起這個，另一個問題更令人在意，小結拚命地思考著剛才在藍白色光線之中，看見的情形。

為什麼小匠會在半夜裡偷偷起來，然後吞下冰箱裡的生雞蛋呢？而且連殼吞下……有沒有什麼合理的理由能夠解釋小匠的行為呢？

「……太奇怪了。怎麼想都不合理啊……」小結獨自在冰箱燈光已消去的廚房裡嘀咕道。

這時，小結心中開始泛起陣陣的不安。她感覺到災難靜悄悄地逐漸逼近了。

隔天早上，在洗臉台的鏡子前面遇到小匠時，小結因為想起昨晚的事情，而感到一陣慌亂。

小匠一副不知情的模樣對著鏡子在刷牙。發現小結在後面一直盯著自己看後，鏡中的小匠抬高視線說：「怎麼了？幹嘛盯著我看？」

小匠保持咬著牙刷的姿勢，神情顯得有些不悅。

面對小匠這般根本忘了昨晚發生什麼事情似的態度，小結急忙說：「沒事啊。我又沒在看你。我只是想刷牙，所以在等你而已。」

小匠用杯子盛水漱口後，便把鏡子前方的位置讓給小結，然後很快地離開了洗臉台。

我昨晚是不是做惡夢了啊……小結心中開始浮現這樣的想法。因為她到現在還是無法相信昨晚發生的事情。

小結一邊刷牙、一邊思考。

畢竟昨晚真的很難入睡。會不會是半夢半醒中，眼睛花了啊……

小結帶著滿腹的疑惑坐上餐桌後，媽媽手拿盛著荷包蛋的盤子，回頭看向小結。小萌因為正在努力扣襯衫的扣子，所以還沒坐上餐桌，但爸爸和小匠已經開始吃起早餐。

媽媽把盛了荷包蛋的盤子放在小結面前。

「我開動了。」

語畢，小結拿起了筷子。這時，媽媽忽然想到了什麼詢問小結說：「對了，小結。妳昨晚起來喝茶的時候，冰箱裡的雞蛋……」

小結不小心讓筷子從指縫之間滑落。

「雞……雞蛋？」

小結倒抽了口氣，然後注視著媽媽。

「對啊，就是冰在冰箱裡的雞蛋啊。早上我發現流理台的廚餘垃圾桶裡面有蛋殼，就在想不知道是怎麼了。是不是妳摔破了雞蛋還是怎樣了？」

雖然媽媽是以開玩笑的口吻問道，但小結根本笑不出來。

……那果然不是一場夢。昨晚我看到的都是真的。

小結按住心跳開始加快的胸口，並用餘光偷偷觀察小匠的反應。

小匠若無其事地咬著塗上奶油的吐司。

「小結？妳怎麼不說話？」媽媽問道。

小結抬高視線一看，發現爸爸也一直盯著她看。

小結快被小匠氣死了。

「我不知道喔。可能是小匠做了什麼吧？」小結諷刺小匠說道。

小匠聽了，露出生氣表情抬高視線看向小結。

「我才不知道哩！妳幹嘛誣賴我?!況且我昨晚根本沒去廚房！」

小結驚訝地說不出話來。說謊也不會臉紅，小匠的態度實在太目中無人了！如果他是故意裝傻，也裝得太像了吧。

……可是，小結覺得小匠不是故意裝作不知情，才會這麼說。

「你昨晚該不會是睡暈頭了吧？」

聽到小結這麼嘀咕，爸爸和媽媽互看了一眼。尷尬的沉默氣氛降臨餐桌上。這樣的氣氛之中，惟獨小匠若無其事地大口吃著荷包蛋的蛋黃。

……難道，小匠真的不記得自己昨晚到過廚房，也不記得連殼吞下了生雞蛋……

不得已的小結只好把想說的話藏在心中。因為她不想在早餐時間說出這麼麻煩的事情，然後跟弟弟大吵一頓。

算了。等到跟小匠兩人獨處的時候，再問個清楚好了。到時候再

看看他只是在裝傻，還是真的什麼都不記得了……

這麼下定決心後，小結才急忙把早餐吃完。

然而，不管是前往學校的集體上學途中，或是休息時間在操場玩的時候，都很難找到機會與小匠兩人獨處。小結一整天都在思考小匠生吞雞蛋的事情，根本靜不下心來。

小結則是一直在發呆，上數學課時老師問的問題，也回答不出來。

氣死人了！小匠都不知道我很擔心他嗎?!小結在心中怒吼。

小結在學校看見小匠幾次，但小匠只顧著和朋友玩，看也不看小結一眼。

這天因為太生氣了，小結不愉快地快步走回家。

當小結大力地踏著步伐前進時，發現小匠悠哉地走在前方。

好機會！只要現在逮住小匠，就能夠兩人單獨說話。

「小匠！等一下，小匠！等我一下啦！」小結大聲地喊道，並朝向弟弟跑了過去。

「咦？姊姊，妳今天只上到第五堂喔？」小匠回過頭看見小結跑過來，若無其事地問道。

小結整理了一下情緒，並用力吸了口氣。

「我有事情想問你一下，你要認真回答我喔。你真的完全不記得昨晚發生什麼事了嗎？」

「昨晚發生什麼事？」

「……我是說……就是……」小結豁出去地說了出來，「我是說，你昨晚半夜爬起來跑到廚房去，我剛好也醒過來，所以打算去廚房喝茶。結果我到了廚房後，看見你站在冰箱前面……然後，你不是把冰箱裡的生雞蛋連殼吞了下去嗎？吞下去後，你還把留在嘴巴裡的那些蛋殼挖出來……你真的不記得這些事情嗎？」

「妳在說什麼啊？」

小匠一副受不了的表情注視著小結。

「妳到底在說什麼啊？我在半夜裡連殼吞了雞蛋？我幹嘛做這種事情啊？」

小匠的話讓小結忍不住想發火。

「你還在裝，那時候我問你說『你在幹嘛啊？幹嘛生吞雞蛋？』結果你一邊笑、一邊回答我說……『因為很好吃啊。』你真的不記得了嗎？你生吞了一整顆雞蛋耶！而且連殼吞下去，蛋殼耶！那舉動簡直就跟蛇沒兩樣！」

小匠嚇了一跳地抬高肩膀。小結後悔自己可能把話說得太重了。

「小匠，我不是在罵你，我是因為擔心你才這麼著急。你真的什麼都不記得了嗎？」

小結試著改用溫柔的語氣時，小匠突然跑了出去。

「啊！等一下！」

小結吃驚地大喊，但小匠頭也不回地愈跑愈遠。前面就是轉角，是通往公寓的散步道入口。

「等一下！給我站住！」

小結也跑了過去。

小匠早一步彎進了轉角。小結追著逐漸消失在樹叢後的黑色書包，彎進轉角後……

媽媽就站在轉角處。

「啊……媽媽……」

小結和小匠都氣喘吁吁地站在媽媽面前。

「小匠。」媽媽開口說道。

媽媽的表情跟平常不一樣，顯得嚴肅。媽媽會露出這樣的表情，就表示發生了什麼事情。

「你有事情瞞著媽媽吧？剛剛學校的老師打電話來過了。」

小結屏息凝神地聽著。小匠到底闖什麼禍了？不過，似乎跟昨晚的生雞蛋沒什麼關係。

小匠被小結和媽媽兩人夾攻，想逃都逃不了，只能夠一直低著頭。

「小匠。聽說你上游泳課的時候說肚子痛，然後在保健室休息？這是怎麼回事？」

小匠沒有回答。

小結心想難怪媽媽會生氣了。休息時間玩得那麼瘋，偏偏只有在游泳課的時間會不舒服，世上哪有這麼剛好的事情。

可是，我記得小匠不討厭游泳啊？

這點讓小結想不透。

「小匠。」媽媽用凶巴巴的語調喊了小匠的名字，「你背上的汗疹狀況怎樣？是不是變嚴重了？讓媽媽看一下。」

「我不要。」小匠以微弱得就快聽不見的聲音說道。

「現在都不去理，萬一變得更嚴重怎麼辦？別囉嗦，給我看一下。」

媽媽難得表現強勢地抓住小匠的手臂，然後趁勢掀開T恤背面，並探出頭看背部。

「……！」

媽媽和小結不約而同地倒抽了口氣。

「這是……汗疹嗎？」小結一直注視著弟弟的背部喃喃地說道，

「這、這簡直就像……鱗片……」

直直貫穿小匠背部中央的背脊兩側，出現兩排發出藍色光芒、如鱗片般的東西。

突然，小匠用力地扭動身體，從媽媽手中掙脫了。

小匠朝向公寓大門一鼓作氣地跑在散步道上，小結和媽媽則是杵在原地望著小匠遠去的背影。

「那是……什麼東西啊？」

小結好不容易才回過神問著媽媽。光是回想起剛剛看見的畫面，就讓小結感到背脊一陣寒意。那絕對不可能是什麼汗疹。為什麼小匠的背部會長出那種東西呢？

「我也不知道。」媽媽搖了搖頭，「不過，看起來簡直就像是某種生物的鱗片。」

小結直直盯著媽媽說：「像是什麼生物？」

「看起來就像是……魚或是蛇的鱗片。」

媽媽這麼說完後，一副覺得奇怪的表情看著小結的眼睛說：「怎麼了？」

小結聯想起昨晚的情形。

蛇……蛇、蛇！小匠像蛇一樣連殼吞下了生雞蛋，背上又長出像蛇鱗一樣的東西。這到底是怎麼回事啊？

「媽媽，我跟妳說喔……」

小結終於下定了決心，決定老實說出昨晚在廚房裡看到的一切經過。

媽媽情聽完小結的描述後，表情沉重起來。

不久後，媽媽嘀咕一句說：「小匠可能被什麼東西附身了……」

「附身？」小結吃驚地反問道，「什麼意思？」

「大家不是經常會說，狐狸會附著在人類身上嗎？很久以前就有人被狐狸占去身軀，也有人受到狐狸控制。其實這不只是狐狸能辦得到而已，很多東西都會附身。小匠搞不好是被什麼怪東西附身了。」

「為什麼？為什麼會這樣？」

媽媽的表情變得愈來愈沉重，然後抬頭朝向小匠跑去的公寓瞥了一眼。

「得先好好問一問小匠，才能知道原因。狐狸要附在人類身上時，也會有附身的理由。不可能什麼理由都沒有，就突然被附身。如果不先查清楚被附身的原因是什麼，我們什麼也做不了。」

小結戰戰兢兢地詢問媽媽：「什麼也做不了？那如果這樣下去，小匠會變成怎樣？」

「應該會比現在的狀況糟糕好幾倍吧。小匠有可能全身長滿鱗片，也可能闖出什麼大禍……」

小結想像著小匠全身長滿鱗片，然後張大嘴巴把雞蛋丟進口中的畫面，差點發出了尖叫聲。

「我不想看見小匠這樣子！」

「媽媽也是啊。媽媽也不想看見寶貝兒子全身長滿鱗片……」

說到這裡，媽媽露出了笑容。

タクミ

「沒事的。在小匠變成那樣之前，我們會先想出辦法解決的。只要能夠知道小匠是被什麼傢伙附身，還有那傢伙為什麼會找上小匠，我想一定能找到解決的方法。」

「我好像忘了什麼很重要的事，但就是想不起來……」

一面聽著媽媽說話，小結心中浮現一個念頭，於是嘀咕著：「說到鱗片，小龍身上不也長滿了鱗片嗎？該不會是被小龍的鱗片傳染了吧？」

小結突然覺得自己的背部癢了起來，忍不住全身抖了一下。

6 小匠碰上災難

這天晚上，爸爸回到家後，信田家召開了家庭會議。

放學回家後，小匠就一直躲在房間裡，爸爸喊了一聲後，才乖乖走出房間，姿勢端正地坐在餐桌前面。爸爸、媽媽和小結也已經坐在椅子上圍繞著餐桌。

只有小萌獨自坐在餐桌後方的沙發上，正在觀賞她最喜歡看的卡通影帶。小萌之所以沒有參加家庭會議，是因為大家認為她還太小了。

廚房飄來烹煮咖哩飯的香味，小萌回頭瞥了一眼圍繞著餐桌而坐的所有家人，然後嘀咕說：「好餓喔。」

「再等一下喔，等我們談完事情喔。」

聽到媽媽這麼說完後，小萌乖乖地重新面向電視。陽台落地窗外可看見黃昏逐漸加深顏色，帶著溼氣的夜風吹得窗簾在飄動。

「你為什麼一直瞞著大家？」爸爸注視著小匠開口問道。

「因為……」小匠回答得吞吐。

「背上都長出鱗片了，不可能一直不管它吧？你以為自己有辦法一直隱瞞得住嗎？」

「……因為，我沒想到真的會是鱗片，而且我以為很快就會好起來……」

「然後呢？」爸爸直直盯著小匠看，「有比一開始的狀況好嗎？……還是變得更嚴重了呢？」

小匠扭扭捏捏了好一會兒才回答。

「好像變得更嚴重……」

聽到小匠的回答後，媽媽和爸爸露出彷彿在說「我就知道」似的表情互看一眼。

「你背上的鱗片是什麼時候長出來的？什麼時候開始的？」

「呃……」小匠露出沉思表情，「可能是四天前……或五天前吧。我去泡澡的時候，發現背部很癢就抓了幾下，結果指甲勾到像結疤的硬塊。我心想奇怪，就去照鏡子，結果……結果發現背部中間長出一塊很詭異的藍色結疤。」

「結果那結疤愈長愈多，是嗎？」

聽到爸爸的詢問後，小匠點了點頭。爸爸朝向小匠探出身子說：

「讓我看一下。」

小匠轉身背對爸爸，然後輕輕掀起T恤。

爸爸了不起的地方就是，面對這種狀況還能保持鎮定。不像小結不管看過多少遍，都覺得噁心。爸爸將臉貼近小匠的背部，專心地觀察著鱗片。

爸爸聞了一下味道，也試著用手指輕輕摸了一下，還拉扯了一下鱗片看會不會脫落。

「嗯。」爸爸終於開口說道，「這鱗片貼得很緊。看來真的是從背上長出來的。」

小結沉不住氣地詢問說：「爸爸，你看得出來那是什麼鱗片嗎？是魚鱗嗎？還是蛇的鱗片？……還是……是跟小龍一樣的鱗片？」

爸爸重新仔細看了小匠的背部一遍後，回答道：「這鱗片怎麼看都不像魚鱗。應該也跟小龍的鱗片不一樣。這八成是爬蟲類……嗯，應該是蛇的鱗片吧。」

小結和媽媽相視而看後，嘆了口氣。

「現在的問題是，為什麼你的背上會長出鱗片？而且，照小結所說的，昨天還在半夜裡從冰箱拿出生雞蛋，然後連殼吞下去啊？這是不是真的？你完全不記得自己做過這種事情嗎？」

「我不記得。」

小匠露出害怕的表情搖了搖頭。

「……也就是說，你是在自己沒有察覺的狀況下，變得愈來愈像一條蛇。這事情非常不妙。如果是自己想要變成蛇，還能夠自己放棄變成蛇，但你是在不知不覺中，變得愈來愈像蛇，如果繼續這樣置之不理，說不定真的會變成蛇。你的想法呢？如果就這樣變成一條蛇，你也無所謂嗎？」

「我不要！」小匠用快要哭出來的聲音回答。

爸爸用力地點了點頭說：「對吧，如果你變成一條蛇，爸爸也會很傷腦筋。所以，我們必須想辦法解決這問題。既然你也不想變成蛇

6 小匠碰上災難

的話，那就仔細回想一下。你應該有什麼印象吧？你最近……也就是開始長出鱗片的那段時間，你有沒有對蛇做了什麼事情？比方說踩到了蛇，或是拿石頭丟蛇、在蛇身上撒尿之類的……？」

當小匠一直陷入思考中時，小結、媽媽和爸爸也都沉默不語。客廳裡只聽得見小萌正在觀賞的卡通配樂。

這時，小結突然感覺到心中泛起一陣接著一陣的不安，莫名的感覺告訴小結有危險。

突如其來的感覺讓小結嚇了一跳，不斷在客廳裡四處張望。有什麼東西在靠近，而且似乎不太友善。

——災難無聲無息地慢慢靠近。

祝姨婆的不祥預言在小結腦中再度響起。小結屏氣凝神地聆聽風聲，吹動窗簾的夜風，可以讓小結知道外面的情形。

黑暗之中，大批不知名的存在正慢慢靠近。牠們沒有發出腳步聲，幾乎沒有氣息……

小結從椅子上跳了起來。大家都被小結嚇了一跳。

「怎麼了？小結？」

媽媽從椅子上站了起來，小結一邊用餘光瞥了媽媽一眼、一邊衝向陽台。她迅速拉開窗簾，從敞開的落地窗衝出屋外。

小結從陽台欄杆上探出身子，看向候梯大廳前方的廣場，嚇得差點尖叫出來。

「怎麼了？」

媽媽追在後頭跑出來，並從小結身後探出頭看向陽台下方，也嚇得倒抽了口氣。

候梯大廳前方的廣場地面掀起黑色漣漪。竟然是無數條蛇爬滿廣場，慢慢地蠕動著身軀。那光景簡直就像黑沉沉的波浪，朝著公寓下方襲來。

「小聲一點！」媽媽壓低音量對著小結說道，「不要大聲嚷嚷。現在悄悄地回到屋內……」

「怎麼啦？」爸爸走出陽台問道，但小結和媽媽一邊把爸爸推回去、一邊躲回客廳。

「慘了！蛇來了。」

「蛇？」

爸爸一臉呆愣地看著媽媽。

「就是蛇啊！一大群蛇扭啊扭的，已經聚集到了公寓入口。」小結緊張地說，但爸爸似乎還在狀況外。

「一大群蛇扭啊扭的？牠們來幹嘛？」

小結看向坐在餐桌前方，面色鐵青的小匠。

「牠們該不會是來帶小匠走的吧？那些傢伙是打算對小匠做什麼嗎？」

小匠皺起眉頭一副就快哭出來的模樣。

小萌從沙發上滑下來，來到大家身邊。

「長什麼樣的蛇？有很多嗎？小萌也想看。」

看見小萌打算走出陽台，爸爸急忙抓住她。

「小萌，不行喔。外面很危險。」

「外面有毒蛇嗎？還是壞蛋蛇？」小萌不明白地歪著頭問道。

媽媽一邊抱住小匠的肩膀保護小匠、一邊嘀咕說：「總之，一定要想辦法趕走牠們。但是該怎麼做才好呢？」

小結感到不耐煩地逼近小匠說：「喂！說說話啊！你一定做了什麼，對吧？如果不是這樣，怎麼可能會被蛇附身，怎麼會有一大群蛇跑來這裡！快努力想啊！要不然那些傢伙就快爬到我們家來了！」

「可是！可是，我真的什麼事都沒做過啊！我沒有碰到過蛇！最近根本沒有看到蛇！我沒騙人！我也沒有在蛇身上撒尿！」

小匠緊張地對著小結大吼大叫回去。

這時，小結再次有種忘了非常重要的事的感覺，好像能解釋蛇與小匠為何會連上關係，偏偏就是回想不起來是什麼事情。

「人家想看啦——讓小萌也看一下嘛。」

小萌在爸爸懷裡哭了起來。原本一直在沉思的爸爸，看向陽台落地窗說：「我去看一下狀況好了。如果不知道是什麼狀況，怎麼有辦法對付那些傢伙呢。」

「我也要去。」

小萌用力握緊爸爸的手臂。

「好，讓妳去。不過，要靜悄悄的喔。妳不可以亂叫，要把嘴巴的拉鍊拉上。」

於是，這回換成爸爸和小萌走出了陽台。

爸爸抱著小萌越過欄杆探頭看向廣場，媽媽、小結和小匠全屏息注視著爸爸的舉動。

不久後，躡手躡腳地走出陽台的爸爸，再次躡手躡腳地走回屋內。

爸爸把落地窗上了鎖後，小結一副迫不及待的模樣開口說：「沒錯吧？下面有一大群蛇扭啊扭的像波浪一樣動來動去，對吧？」

「不對。」爸爸答道，「那些傢伙已經不再動來動去了。牠們全直挺挺地看向我們這邊。」

「我們這邊？」媽媽大吃一驚地問道。

「嗯。全部把頭抬得直直地仰望著我們家。」

這是一個壞消息，蛇群的目標無疑是信田家。

「蛇會爬公寓的牆壁嗎？」小結戰戰兢兢地問道。

「基本上應該會爬。」爸爸答道，「因為蛇會爬到樹頂上，吃鳥巢裡的雛鳥或鳥蛋。只要牠們肯努力，應該爬得上公寓的牆壁。」

這是一個更壞的壞消息。不久後，蛇可能會爬到客廳裡來。

「牠們……是來把我帶走的嗎？可是，我什麼都沒做耶……」小匠一邊發抖說道、一邊看向陽台。

「沒事的。就算牠們爬上來，只要上了鎖，也不可能爬得進屋子裡。」媽媽安慰小匠說道。

這時，被大家遺忘的小萌身體搖來晃去地開口說：「牠們在說『把東西還給我們』。」

「咦？什麼？」媽媽詢問小萌。

「那個啊，那些蛇在說『把東西還給我們』。」

媽媽和爸爸歪著頭互看一眼。爸爸詢問小萌說：「妳說什麼？是什麼人說的？」

「蛇在說話啊。牠們說『把東西還給我們』。」

大家的視線全集中在小萌身上。小萌抬頭看著大家，然後有耐心地反覆說：「我不知道為什麼，但牠們要我們把東西還給牠們。那些蛇說的。」

媽媽急忙關掉電視的吵鬧聲。

沉重的氣氛充滿整個客廳。媽媽在小萌面前蹲下，然後直直注視

著小女兒的眼睛說：「小萌，妳聽得懂蛇在說話啊？」

小萌點了點頭。

「蛇牠們說要我們把東西還給牠們，對嗎？」

小萌再次點了點頭。

「啊！」

這時，小匠大叫了一聲。大叫完後，小匠往走廊跑去。

「小匠怎麼了？」小結露出擔心表情詢問媽媽，「會不會是害怕過了頭，頭殼壞掉了？」

「怎麼可能……」媽媽回答時，原本跑了出去的小匠，馬上又跑回客廳。

小匠像是恍然大悟的興奮說道：「有可能是這東西！那些蛇想要的搞不好是這東西！」

大家注視著小匠舉高的手。小匠手中牢牢握著某樣東西。

小匠把手中的東西輕輕放在餐桌中央。

「叩」的一聲傳來，餐桌上有一顆圓滾滾的小石頭。

「那什麼東西啊？不就是一顆普通石頭……」小結說到一半時，把話吞了回去。

那是一顆拳頭般大小、表面光滑的圓石，有著黃色的光澤，中央浮出一顆圓形的黑色陰影，黃色的眼白、黑色的瞳孔，看起來就像一顆張大眼睛的眼球。

「這是蛇眼石。」媽媽從餐桌上探出頭看著石頭說道，「這是蛇群的寶物。你是在哪裡撿到這東西？」

「啊！」

這回換成小結大叫了一聲。小結終於想起，可能讓小匠和蛇連上關係的事情。

「是夜叉丸舅舅吧！這是上次夜叉丸舅舅帶來送給你的吧？」

「什麼?!」

爸爸和媽媽同時大叫一聲，露出驚訝表情看向小匠。

小匠輕輕點了一下頭。

「我就知道！」小結如釋重負地點了點頭，「總算想起來了。我一直覺得好像有什麼事情。老是覺得最近好像在哪裡聽到過蛇的話題。就是夜叉丸舅舅！舅舅說他上次千里迢迢去到了藥師森林，聽說藥師森林裡有很多蛇會捲成一團守在樹根處，然後保護樹上結的藥果。」

媽媽用力點了點頭說：「原來是

這麼回事啊，原來是妳們舅舅從森林帶走了蛇眼石啊。不過，他把石頭送給小匠有什麼企圖啊？」

媽媽皺起眉頭露出生氣表情。

「舅舅是送給我當禮物。」小匠急著為夜叉丸舅舅辯解，「我想舅舅應該不知道這是蛇的珍貴寶物吧。舅舅說在冒險途中撿到罕見的石頭，所以就送給了我。而且，他說這是只屬於我們兩人的祕密。所以，我沒有跟任何人提起過這顆石頭喔。在聽到小萌說那些蛇要我們把東西還給牠們之前，我完全忘了這顆石頭的存在。」

「真是的，說到這個夜叉丸舅舅，老是給我們麻煩的東西……」

媽媽生氣地說道。

這時，爸爸伸出手輕輕抓住放在餐桌中央的石頭，並舉高石頭。

「好了，現在知道原因了……這麼一來，接下來就很好處理了。就把蛇要我們還回去的東西給牠們吧。」

爸爸這麼說完後，推開原本上了鎖的陽台落地窗。潮溼的夜風大舉吹進屋內。爸爸、媽媽、小結、小匠，還有小萌全走到陽台上。

大家從欄杆上探出頭往下看後，發現蛇群仍然抬頭望著小結家客廳的光線。

「喂——你們要我們還的是這個東西嗎？」

爸爸一邊用著不會被鄰居聽到的音量輕輕低聲說、一邊舉高手中的蛇眼石給蛇群看。

這時，原本如石像般動也不動地待在廣場上的蛇群，發出一陣沙沙聲響擺動著頭。

媽媽抱起了小萌。在大家的守護下，爸爸輕輕吸了口氣，然後擺好姿勢說：「好，我丟了喔！」

爸爸像在丟球一樣，朝向空中丟出手中的石頭。圓石大幅度地劃出弧線飛過蛇群的頭頂上方，然後掉進了廣場角落的草叢裡。

蛇群發出沙沙聲響扭啊扭的，開始快速地移動。廣場再次掩沒在蛇群形成的黑色波浪之中。然後宛如浪潮退去般，黑色波浪被吸入蛇眼石掉落的草叢之中。

「有聽到什麼嗎？」媽媽湊近懷裡的小萌耳邊低聲問道。

「沒有，什麼都沒聽到。」小萌答道。

豎耳聆聽著風聲的小結開口說：「沒事了。蛇群不會再回來了。牠們愈走愈遠了。」

「小蛇們，拜拜——」

小萌在媽媽懷裡輕輕揮揮手，然後說道，「唉！肚子好餓喔。」

就這樣，小匠被蛇附身的事件終於畫下了句點。

這天晚上，媽媽在浴室幫小匠刷背後，背上鱗片自動地剝落得一乾二淨。小匠撿起其中一片鱗片用面紙包起來當作紀念，並且收在書桌抽屜最裡面。

「媽媽……」這天晚上，小結趁著道晚安的時候，試著詢問媽媽說：「小萌怎麼會聽得懂蛇說的話啊？」

媽媽正坐在沙發上看著晚報，她緩緩抬高視線看向小結說：「我也不知道耶，但可能就像妳和小匠繼承了媽媽家族的力量一樣，搞不好小萌體內也有著狐狸血統的特殊能力。不過，小萌現在還小，所以還不知道這個潛藏的力量會不會被喚醒就是了。」

小結沉思了一下後，再次試著詢問媽媽說：「萬一小萌也有這種力量，爸爸會覺得失望嗎？」

「妳怎麼會這麼問？」

媽媽一邊笑著、一邊看向小結。

「因為這樣就只剩下爸爸是普通人，不是嗎？除了自己之外，其他人都繼承了狐狸血統，爸爸不會討厭這樣的狀況嗎？」

媽媽闔上晚報，然後注視著小結說：「沒有這回事的。不管是妳也好，小匠或小萌也好，妳們三人都是媽媽和爸爸的小孩啊。妳們會有像媽媽家族的地方，當然也會有像爸爸，或像爸爸家族的地方啊。爸爸才不會在意這種事情呢。」

小結心想「說得也是」。基本上，爸爸是個不拘小節的人。他現在也在小龍築巢的浴室裡，悠哉地哼著歌。看來爸爸已經完全適應了與小龍一起生活的日子。

媽媽一邊偷笑、一邊壓低音量說：「小結，媽媽有跟妳說過向爸爸坦承真實身分時的事情嗎？」

「沒有。」小結搖了搖頭答道，然後注視著媽媽。

「爸爸向媽媽求婚的時候，媽媽所有的親戚都反對媽媽跟人類結婚。大家說萬一被爸爸知道真實身分就沒戲唱了，所以要我別答應爸爸的求婚。大家還跟我說如果真要結婚，絕對不能說出自己的真實身

6 小匠碰上災難

分……可是，到了結婚典禮的前一天，媽媽終於還是忍不下去。

媽媽覺得如果瞞著事實跟爸爸結婚，那真是太狡猾了，所以媽媽告訴自己如果說出事實後，被爸爸拒絕結婚，就死了這條心。最後媽媽說出了事實。

我告訴爸爸說：『我一直瞞著你，其實我是一隻狐狸』。結果妳猜爸爸怎麼說？」

「不知道。」

小結第一次聽到這段往事。得知自己的結婚對象其實是一隻狐狸的當下，爸爸會說什麼呢？

媽媽忍不住笑出來，然後對著小結說：「爸爸說『糟糕，今天是選在教堂裡舉行結婚典禮耶，如果是這樣，應該選在神社舉行比較好喔？』」

小結愣了一秒鐘，然後也跟著笑了起來。

「很像爸爸會說的話。」

「所以啊，那時候媽媽就覺得自己可以放心嫁給眼前這個人。我知道眼前這個人是真的喜歡我，無論我是人類，還是狐狸都無所謂。」

小結突然難為情了起來，向媽媽抱怨說：「媽媽，妳說這些根本是在炫耀嘛。」

「媽媽不是在炫耀。媽媽是想表達爸爸對妳，還有對小匠和小萌也一樣。因為爸爸是真心喜歡妳們，無論妳們是繼承了狐狸家族的力量，還是長出了尾巴，爸爸都無所謂。爸爸才不是那種愛計較的人。」

小結一邊笑笑、一邊聳了聳肩說：「不過，如果是長出鱗片，就會傷腦筋喔。」

小結察覺到爸爸從浴缸站起來的動靜。

媽媽慌張地低聲對小結說：「剛剛說的不可以告訴爸爸喔。」

「我知道。」

小結對著媽媽悄悄點了點頭。小結又試著豎耳傾聽，但已經感覺不到蛇的動靜。

祝姨婆的預言有時候也挺準的嘛。

這次的災難沒有發出腳步聲地來，也沒有發出腳步聲地走了。小結一邊想著這次的災難、一邊在心中這麼想。

更大的災難還在後頭

事情發生在，小匠背上的蛇鱗脫落之後的隔一天。

這天是小結最喜歡的星期五，也被她稱為「幸運日」。星期五學校只上到第四堂課，更開心的是隔天接著放假。

更何況四堂課分別是美術勞作課、美術勞作課、體育課、閱讀課，實在是非常輕鬆，而且那些沉甸甸的筆記本和教科書，今天全不需要帶去上課。

儘管天空布滿陰陰沉沉的烏雲，街上就快下起雨來，小結卻是一大早就心情好得不得了。

也因為這樣的緣故，小結這天有些掉以輕心。小結怎麼也想不到信田家老是遭遇的災難，連「幸運日」也逃不掉。

吃完營養午餐，也做完打掃、開完班會，同學們開始收拾書包準備回家的時候，災難降臨了。

有個人忽然從吵鬧不已的教室門口探出頭來。那個人身穿白袍，是保健室的安川老師。

雖然教室裡吵鬧不已，但安川老師用宏亮的嗓門，喊了小結的名字。

「信田同學。信田結同學在嗎？」

小結回頭看向教室門口。這時，小結突然有種非常不好的預感。小結的好朋友們也一副「發生什麼事了？」的表情，跟著小結望向安川老師。

「喔，信田同學，關於上次的健康檢查，我想跟妳確認一些事情。跟老師到保健室一下好嗎？」

「喔……」小結一邊含糊地點了點頭、一邊露出無辜地眼神看向柴田導師。

「喔，信田同學。妳可以先下課了，快去保健室吧。」

小結無奈地從座位上站了起來。背起塞進體育服和便當袋的書包後，小結站在門口行了一個禮，然後比大家早一步離開教室。

一頭長髮的安川老師一邊掀起白袍、一邊大步地走在小結前方。走廊上已經擠滿從教室衝出來的人潮，所有人都爭先恐後地趕著前往教室大樓門口。

走在通往保健室的漫長走廊上時，小結一直沉默不語。她一邊看著擺動白袍在擁擠人潮之中穿梭的背影、一邊在心中思考。

今天是難得的星期五，老師找我到底有什麼事啊？

保健室入口處出現在走廊前方。保健室就在走進教室大樓門口後，立刻就會看見的位置。

小結一邊斜眼看著從大樓門口衝到操場上的孩子們、無奈地朝向保健室入口走去。

跟在安川老師後頭走進保健室後，老師立刻緊緊關上了房門。

安川老師一臉嚴肅地翹腿坐在書桌前方的旋轉椅上，然後抬起頭看向小結，慢慢露出微笑。

小結也在圓椅上坐了下來，與老師隔著書桌面對面而坐。然後，小結朝向書桌使力探出身子，不耐煩地問道：「妳為什麼會在學校出現？還變身成保健老師，要是被人發現了怎麼辦？妳把真的保健老師藏到哪裡去了？小季阿姨！」

安川老師沉默了一會兒，接著露出不懷好意的笑容，那是真的保健老師，絕對不會露出來的狐狸笑容。

「真是的。妳的鼻子怎麼這麼靈啊？真討厭。還有，我說過很多次了，不可以叫我阿姨！被叫阿姨感覺好像一下子老了好幾歲。」

「好啦。」小結夾雜著嘆息聲點了點頭，「那麼，小季。我再問妳一遍喔，妳來學校到底要做什麼啊？還有，真的安川老師人呢？」

小季輕輕聳了聳肩，並從旋轉椅上站起來。小季走向保健室角落的床鋪。

角落總共放置了三張床，然後，每張床都圍著布簾加以隔開。

小季站到最旁邊的靠窗床鋪前方後，表現得像個站在舞台上的魔術師一樣恭恭敬敬地鞠了一個躬，跟著掀開遮住床鋪的布簾。

「哇——怎麼辦?!」小結發出哀叫聲。

真的安川老師就躺在靠窗的床鋪上，睡得十分安穩。

「小季，這樣太過分了吧！怎麼可以讓老師睡著！」

「哎呀？」小季若無其事地看著小結，「我沒有做任何過分的事

情。我只是施展了一下狐狸派的催眠術而已。結果老師就自己呼呼大睡了起來。她一定是累壞了。」

小結愈來愈不耐煩了。每次和小季說話，總會讓小結感到不耐煩。因為如果一直和小季說話，就會漸漸分不清楚誰是大人、誰是小孩。

「小季，妳聽我說喔。妳想想看，如果有人發現竟然有兩個安川老師，全校會引起一片騷動，對吧？」

就在小結試著對著小季說教時——

叩、叩！

有人敲了保健室的門。

「那個，不好意思。」

一名小結不認識的低年級男生打開房門，走進了保健室。小男生露出短褲外的左腳膝蓋受了擦傷，走起路來有些一跛一跛的。

「幹嘛？有什麼事？」

變身成安川老師的小季，用一副嫌麻煩的目光銳利地看了小男生一眼。

「我在操場那裡的樓梯跌倒了……」

小結體貼地讓出自己坐著的圓椅給小男生坐。小男生沉默不語地坐上圓椅後，小季走了過來彎下腰，看著小男生滲出鮮血的膝蓋。

不會穿幫吧？

小結不安了起來。小季到底懂不懂怎麼治療擦傷啊？

聽到小季用鼻子發出「哼哼」笑聲，小男生和小結都嚇了一跳。不過，小季接著說出的話語更是令人驚訝。

「只要舔一舔就會好了。」

「咦……？」

小男生露出驚訝表情看著小季。天底下有哪一個保健老師看了膝蓋的擦傷後，會說「只要舔一舔就會好了」呢？

看見小男生一臉茫然地動也不動，小季似乎生起氣來。

「聽到了沒？這麼一點小擦傷，只要舔一舔就會好。聽懂了就趕快回家去。我現在很忙。」

小男生跌倒後，忍著擦傷疼痛來到保健室，卻聽到小季說出這樣的風涼話，不禁快要哭了出來。

小結急忙溫柔地向小男生搭腔說：「沒事的。這擦傷沒有很嚴重，只要用自來水仔細沖洗過，回家後請媽媽幫你看一看就好了。」

可憐的小男生用力地點了點頭後，終於離開了保健室。

小結以最快的速度鎖上保健室的門，轉身向小季說：「小季！不可以這樣。怎麼可以說那麼過分的話？既然變身成保健室的老師，就應該表現得像一個保健室的老師。如果是真的安川老師，絕對不會說什麼『舔一舔就會好』！」

「可是，那真的不是什麼太嚴重的擦傷嘛。」

小結深深嘆了口氣，說不出話來。因為小結知道不管對小季說教再多遍，也永遠說不通。

「小季，妳幹嘛來學校？如果有事找我，到家裡就好了啊。」

「啊！幸好妳提醒了我！」

小季一副這才想起來的模樣，她再次翹起二郎腿坐在旋轉椅上後，在書桌上托著腮仰望小結說：「有人要我帶話給妳。那個人就是夜叉丸舅舅……」

「什麼?!」

聽到夜叉丸舅舅的名字後，小結皺起了眉頭。多虧夜叉丸舅舅送了小匠禮物，讓信田家惹上了莫大的麻煩。這個令人頭痛的舅舅，到底要小季帶什麼話來？

「舅舅要妳帶話給我？」

「正確來說，應該不是帶話給妳……而是……請妳帶話給小匠才對。我剛剛去找小匠，結果他們班全放學回家了……所以，我才去了妳們班。反正，不管是帶話給誰都一樣嘛。」

小結不在乎一樣不一樣。她只知道，如果夜叉丸舅舅又打算讓小匠捲入危險事件的話，那就太過分了。小結決定代替小匠聽聽看夜叉丸舅舅託人帶了什麼話。

「舅舅說什麼？」小結以試探的口吻問道，小季突然抬起頭裝出嚴肅的表情。

「聽好喔。我會照著夜叉丸舅舅說的話再說一遍，妳聽仔細喔。」

小結點了點頭後，小季學著夜叉丸舅舅的聲音這麼說：「那顆石頭很危險，馬上丟掉。」

然後，小季再次托起腮，並露出不懷好意的笑容仰望小結。

勤
洗
手
愛
乾
淨

「怎樣？有聽懂嗎？」小季帶著不耐煩的語氣回答。

「當然！再懂不過了。多虧那顆石頭，把我們大家給害慘了。小匠被蛇附身，還有一大堆蛇跑到我們家，慘斃了！現在才說什麼很危險，到底在搞什麼東西！」

小季的表情，顯得有些失望的樣子。

「什麼嘛，已經結束了喔？結果呢，那顆蛇眼石呢？」

「早就還給蛇了。舅舅為什麼要給小匠那麼令人頭痛的石頭？還說那是禮物……夜叉丸舅舅早就知道那是一顆什麼樣的石頭，對吧？」

「啊、啊！說到這個，妳們舅舅也有夠誇張的，他好像不知道那是蛇眼石。聽說他是去藥師森林的時候，恰巧發現那顆石頭，也沒多想地就帶了回來。因為他每次出門，總喜歡撿一些東西回來當作紀念。

妳舅舅是真的不知道那顆石頭是這麼重要的東西。聽說那是蛇族的寶物呢。據說如果撿到蛇眼石，就會遭殃。

我記得齋奶奶說過全世界好像只有三顆蛇眼石。齋奶奶先發現舅舅帶回來的石頭是蛇眼石。而且只有在藥師森林、三輪山，還有胡夫王的金字塔裡，才找得到這三顆蛇族的寶物。

大家知道舅舅把這麼貴重的東西帶回來後，鬧成了一團。結果舅舅又被爺爺、奶奶罵了個臭頭。」小季滔滔不絕地說道，小結則是愈聽愈生氣。

「那舅舅幹嘛把蛇眼石給小匠？如果事前就知道會遭殃的話，更不應該給小匠啊。事到如今才說什麼很危險，開什麼玩笑。」

看見小結火冒三丈，小季一副感到有趣的模樣注視著小結說：

「其實是祝姨婆慫恿舅舅，要舅舅把那顆石頭送給小匠的。」

「咦？」

看見小結驚訝的表情，小季得意的接著說：「大家本來要夜叉丸舅舅把那顆石頭放回原本的地方，但是祝姨婆慫恿他，讓他把石頭帶到妳們家去。

祝姨婆對舅舅說：『因為帶回蛇族寶物所犯下的罪，使得你的生命之火就快熄滅。如果不趕快脫手那顆石頭，將會有性命危險。』，祝姨婆還說：『如果想要逃過蛇族的詛咒，必須把那顆石頭讓給跟你有血緣關係的幼童。當幼童握住那顆石頭時，石頭上的詛咒就會消失，同時你也能夠免於一死……』

說到與夜叉丸舅舅有血緣關係的幼童，就只有妳、小匠，還有小萌而已，不是嗎？我想姨婆就是知道這一點，才故意這樣說。

說到夜叉丸舅舅，雖然他表面上很勇敢，但妳也知道他是虛有其表，其實膽小得很，對吧？一聽到有性命危險，他就當場緊張到不行。所以，夜叉丸舅舅只好把那顆石頭送給了小匠。」

「所以，祝姨婆這次的預言才會那麼準……」小結不禁嘀咕說道。

姨婆一開始就知道蛇族的詛咒會帶來什麼樣的事態，而特地來到小結家說出預言。

「不過，反正最後蛇眼石也回到了蛇族手上，所以把蛇眼石寄放在妳們家，也是正確的選擇吧。」小季一副沒什麼大不了的模樣說道，接著又露出不懷好意的笑容，「夜叉丸舅舅應該也學乖了一些吧。他被逼得走投無路地來求我帶話，也一直很擔心小匠。」

「舅舅還知道要擔心……事情根本就是他惹出來的，不是嗎？」

聽見小結的抱怨後，小季聳了聳肩岔開話題說：「小結妳明明這麼年輕，卻一直會把事情想得很嚴重。應該用輕鬆一點的態度來思考事情比較好吧？」

妳最需要用嚴謹的態度來思考事情吧。小結在心中嘀咕，但她知道說這些也沒用，所以保持沉默。

「好了，我差不多該回去了。」

看見小季伸了一個大懶腰這麼說，小結鬆了口氣。要是小季繼續變身成安川老師賴在保健室不走，肯定沒好事。

「我贊成。」小結表現熱忱地說道，「星期五是召開教職員會議的日子，如果不趕快回去，到時候就必須出席會議喔。」

「是嗎？出席會議好像也挺好玩的……」

看見小結僵在原地，小季笑了出來說：「騙妳的啦，我才不想一直維持這麼樸素的樣子呢。既然都要變身了，當然要變身成打扮光鮮亮麗的年輕女孩。」

小結這回真的打從心底鬆了口氣，並朝向保健室門口走去。

「那我走了喔。要再來找我玩喔。不過，下次不要到學校，記得到家裡來喔。」

小結伸手準備推開門時，小季叫住她說：「啊，對了！我忘記另外還有一句話。」

「咦？」小結回過頭，然後歪著頭說：「還有一句什麼？」

小季稍微想了一下，才想起了夜叉丸舅舅的話：「夜叉丸舅舅說『另外那顆果實也很危險，絕對不要給小龍吃』。」

小結不禁從門上鬆開手，急忙問小季說：「什麼東西？另外那顆果實是什麼意思？不要給小龍吃又是怎麼回事？」

「哎呀？妳還不知道這件事啊？」小季露出感到意外的表情說道，「就是夜叉丸舅舅連同蛇眼石一起送給小匠的樹果啊。妳舅舅說只把蛇眼石硬塞給小匠會讓他覺得過意不去，所以多送了一樣禮物。

夜叉丸把從藥師森林摘回來的『長不大果實』送給了小匠。妳們家現在不是養了一條小龍嗎？就是那條聽說跟著鬼丸爺爺一起去到妳們家的雲龍寶寶。

可是，照理說雲龍應該會長得很大，所以不可能一直養在人類的公寓裡頭。

不過，如果吃下那顆長不大果實，就能夠抑制成長。如果是人類吃下果實，就能夠一直保持小孩子的樣子；如果是狗寶寶，就能夠一直保持小狗狗的樣子；如果是雞寶寶，就能夠一直保持小雞的樣子喔。」

小結的心臟又開始噗通噗通用力跳動著。面對若無其事的小季，小結戰戰兢兢地試著詢問說：「所以呢？為什麼那顆果實很危險？」

「因為搞錯了。」小季回答得十分乾脆。

「咦？搞錯了？」

「是啊。我們後來才知道夜叉丸舅舅送給小匠的不是長不大果實，而是『成長果實』。」

「也就是說……會怎樣？」

小結不得不先確認最壞的狀況。

小季露出微笑，不急不徐地告訴小結說：「也就是說呢，如果不小心讓小龍吃了那顆果實，小龍就會立刻長得很巨大。懂了嗎？」

「什麼?!」小結大聲喊道，「為什麼不先說這麼重要的事情？妳至少可以趕在小匠放學回家之前，告訴我們啊！」

「我怎麼知道妳們學校今天只上到第四堂課？我又不是這個學校的老師。」

「完蛋了！怎麼辦?!萬一小匠已經給小龍吃那顆果實怎麼辦?!」

小結用快要崩潰的聲音大叫時，雷聲穿過烏雲密布的天空，在四周轟隆響起。

「妳趕快回家比較好吧？好像快要下雨了耶。」

8 媽媽擬定作戰計畫

小結卯足勁地奔跑著。

自從小龍來到信田家後，小結覺得自己老是在奔跑，但從來沒有像今天跑得如此賣力，小結拚了命地在回家的路上奔跑著。

烏雲變得愈來愈厚，在天

空中發出轟隆轟隆的吼叫聲。不管是閃閃發亮的幸運日，還是小結原本愉快無比的心情，如今就像天空一樣蒙上了一層陰影。

好不容易抵達公寓大廳後，小結趁著等電梯的時間，集中精神地感覺風的動靜。小結一邊心想搞不好會聽見長成了巨龍的小龍呼吸聲、一邊豎耳傾聽，但今天她的順風耳沒有帶來什麼訊息。

聽不到。雷雨雲靠得太近

了。

小結失望地嘆了口氣。

每當暴風雨或颱風來臨前，甚至是有超大朵雷雨雲靠近時，小結時而會聽不清楚風說的話。今天似乎也是一樣的狀況。

搭上慢吞吞下樓來的電梯後，小結抱著煩躁的心情隨電梯爬上五樓。

當電梯門一打開，小結立刻衝了出去，並且一口氣地穿過走廊，然後打開玄關門。

「我回來了！小匠呢?!」

聽到小結的大聲呼喚，媽媽驚訝地從客廳探出頭來。

「小匠？應該在房間吧。怎麼了？」

「小龍呢?!小龍沒事吧?!牠有沒有變大?!」

「咦？小龍？」

媽媽一臉疑惑。看樣子似乎還來得及挽救。信田家依舊是一片和平。

因為終於放心了，小結不禁感到雙腿無力。

「太好了……還來得及……」

小結一邊喃喃說道，一邊脫下鞋子。媽媽一副覺得奇怪的表情，歪著頭注視小結。

小結打開兒童房的房門。

「小匠！我要進去了喔！」

因為一路奔跑回來，小結的心臟快速地跳動著。

小匠原本慵懶地躺在下床舖看漫畫，聽見小結的聲音後，不耐煩地挺起身子。

「幹嘛？什麼事？」

小結深深吸了口氣，讓心情靜下來後，一口氣地說：「夜叉丸舅舅給你的藥果在哪裡？快拿出來！」

小匠臉上露出緊張的表情。

「什麼藥果？」

小結一眼就看穿小匠是在裝傻。

「少在那邊裝傻了！」小結不客氣地說。

「我什麼都知道了。今天小季來過學校。她在你回家之後，變身成保健室的安川老師，來學校替夜叉丸舅舅傳話。」

「替夜叉丸舅舅傳話？」小匠露出不安表情注視著小結，「……什麼樣的傳話？」

「有兩句。第一句，『那顆石頭很危險，馬上丟掉』……這是指蛇眼石。再來，第二句，『另外那顆果實也很危險，絕對不要給小龍吃』……

懂了嗎？馬上把那顆果實拿出來。那顆果實根本不是什麼長不大果實。如果讓小龍吃了那顆果實，小龍反而會變大。因為那顆果實是成長果實……

夜叉丸舅舅送給你的禮物，又是會害死人的東西。這樣你懂了嗎？」

看見小結一直瞪著自己，小匠無奈地爬下床。然後，走到書桌前，拉開最上層的小抽屜。

小匠在抽屜裡翻找一陣後，拿出用面紙包住的一小包東西。

看見小匠一副扭扭捏捏的模樣，小結用力張開手掌心說：「給我。」

小匠把小包東西輕輕地放在小結的手掌心上。

小結一邊斜眼瞥了小匠一眼，一邊打開面紙。面紙裡滾出一顆像金桔晒乾後變得硬邦邦的果實。

「就是這顆果實？」

小匠發出「嗯」的一聲點點頭後，一副擔心模樣詢問說：「妳打算怎麼處理這顆果實？」

「什麼怎麼處理……當然是丟掉啊。怎麼可能把這麼危險的果實放在家裡呢？我會再用面紙包起來，然後塞進廚餘垃圾袋的最底下，免得有誰不小心吃了果實。」

雖然顯得不服氣的樣子，但小匠保持著沉默。

「那我出去了。」小結瞪著小匠以叮嚀的口吻說：「我現在就拿去丟，你不可以撿回來喔。」

說罷，小結準備走出兒童房。就在這個瞬間，媽媽的聲音從敞開的房門另一端傳來。

「等一下。」媽媽走進房間後，說出令人意外的話語：「不要丟掉那顆果實。」

小結驚訝地看向媽媽說：「為什麼？這是夜叉丸舅舅搞錯了，才送給小匠的東西耶。留下這種果實也沒什麼用處吧？」

「我不是要留下來，而是要給小龍吃。」

這回小結和小匠真的是嚇了一大跳，而忍不住互看著彼此。小結擔心地心想媽媽是不是有哪根筋壞掉了。

「可是，媽媽……如果讓小龍吃下這顆果實，牠會立刻長大耶。小龍要是長大了，怎麼辦？整棟公寓會變得一片混亂吧。」

然而，聽了小結的話後，媽媽把臉湊近小結兩人，壓低聲音說：

「當然不可能在這裡給小龍吃果實啊。媽媽的意思是把小龍帶到山頂上，然後再餵給牠吃。」

媽媽這麼說完後，抬頭仰望窗外，並指向昏暗天空的盡頭，「妳們看！低垂的雲層之中，有幾個地方黑黑一塊的，對吧？妳們看！那邊也有。還有，最後面那裡也有。那些八成是『龍穴』。」

「龍穴？」小結和小匠同時反問道。

媽媽保持一直注視著天空的姿勢，點了點頭說：「沒錯，就是龍穴。到了這個接近夏季的時候，那些長大的雲龍就幾條、幾條地聚集在一起，然後一起做出很大的雲朵巢穴。那片黑色雲層之中，肯定藏著好幾條小龍的同伴。

因為受到空中氣流的影響，現在很多龍穴聚集到了我們家這一帶。妳們懂了吧？現在是個好機會。」

遠方天空傳來轟隆轟隆的雷聲。那聲音聽起來就像小龍的同伴們在回應媽媽，並告知牠們的所在之處。媽媽把視線移到小結和小匠身

上，然後語調平靜地說：「我們可以趁這個機會，讓小龍回到同伴們身邊。小龍現在那麼小一隻，可能沒辦法順利飛上天空，但如果有成長果實，小龍一定能夠順利飛上去。只要到後山的山頂上，讓小龍吃下那顆果實變大，就能夠直直飛到天上的同伴們身邊。」

小結的心情很複雜。

小龍總是在輕飄飄的雲朵巢穴裡飛來飛去，還會讓浴室下一場小雨，但現在牠將要回到天上去。小龍總會欣喜若狂地咬著薄荷糖，然後用小小舌頭舔小結的手，但現在牠將要離開這個家——

小結不禁有種像是寂寞，也像是悲傷，彷彿內心缺了一塊似的感覺，而久久說不出話來。

小結用餘光瞥了小匠一眼後，發現小匠也發愣地露出不捨的眼神，並且陷入了沉默。

「可是……要怎麼把小龍從浴室裡帶出去？」

小匠好不容易才從喉嚨深處擠出聲音詢問媽媽。

「要利用薄荷糖。」媽媽以鎮靜的語調答道，「把薄荷糖放進野餐籃裡面，然後騙小龍進去野餐籃裡。這麼一來，只要蓋上野餐籃的蓋子，就能夠把小龍帶到後山去，而且不被任何人發現，對吧？」

「可是……」小匠發出咕嚕一聲吞下口水後，再次詢問說：「可是啊，萬一小龍的同伴們欺負牠呢？突然讓小龍回到同伴們身邊，萬一牠跟大家處不來，怎麼辦？」

媽媽露出溫柔的眼神看著小匠，然後輕輕搭著小小的肩膀說：「我們只能夠相信小龍和牠的同伴了。因為小龍總有一天也必須回到天上去啊。雲龍必須在屬於牠們的地方生活，而這個地方不應該是人類公寓裡的狹窄浴室。

就像鮭魚寶寶在河川裡生出來後，會朝向廣闊大海游去一樣，也像蟬的幼蟲在地底下長大後，某天會朝向閃亮耀眼的太陽，並追著樹林的風飛去一樣，小龍肯定也知道自己應該回到哪裡去才對。所以，我們要幫小龍的忙。我們必須幫助小龍，讓小龍真的有辦法飛到天上去。總不能一直把小龍關在浴室裡，不是嗎？」

媽媽這麼說完後，溫柔地注視著小匠。小匠低著頭好長一段時間，什麼話也沒說。小結也有種胸口緊緊揪在一起的感覺，所以沉默不語。小結非常能夠理解小匠現在抱著什麼樣的心情。因為小匠打從一開始就非常喜歡小龍。

沉默了好長、好長一段時間後，小匠終於晃動一下小小的肩膀，並且深深吐出一口氣。

「我知道了。」小匠用著沙啞的聲音這麼說，「還是應該幫小龍的忙才對。因為我們是好朋友啊……如果是好朋友，這種時候就應該好好幫忙才對。」

小匠彷彿在說服自己似的這麼嘀咕後，抬起了頭。

「不過，媽媽，要讓我負責提籃子喔。我想要親自帶小龍到山頂上去。」

「那當然了。」媽媽臉上浮現感到安心的微笑，「就由你負責提籃子。因為小匠是小龍最要好的朋友啊。」

雖然淚水已經在小匠的眼眶裡打滾，但小匠做了一次深呼吸擦掉淚水，然後精神奕奕地大喊說：「走吧！我們要趕快出門。媽媽，籃子在哪裡？我們要在下雨前，趕到後山去！」

聽到小龍即將離開，小小年紀的小萌也非常地失望。小萌一直夢想著有一天能夠把喜歡聽口琴聲的龍寶寶，帶到幼稚園去。

所有人拿著籃子和薄荷糖聚集到了浴室前方。小萌一邊抬頭仰望小龍窩在天花板上的巢穴裡，一邊嘆了口氣說：「好想帶你一起企幼稚園喔。這樣小龍也口以跟小萌一起玩遊戲。」

「好了、好了。」媽媽輕輕推了一下小萌的背，「小萌不是要把薄荷糖放進籃子裡嗎？妳看，小龍已經聞到薄荷味道，從雲朵巢穴裡探出頭看向這邊了，動作要快一點喔。」

小萌聽話地搖晃著糖果罐，從糖果罐裡抓出一顆白色薄荷糖。

隨著瀰漫在浴室裡的薄荷味加深，小龍晃動著天花板上的雲朵，從巢穴之中露出臉來。比起剛來家裡的時候，小龍長大了許多，現在小龍從巢穴裡探出身子時，頭部都快撞上浴缸。

發現小萌手中的糖果後，小龍顯得開心地發出「咯、咯、咯」的笑聲。

「喏，糖果喔！我幫你放進這裡面喔。」

小萌先把抓出來的糖果遞給小龍看，然後丟進媽媽抱在懷裡的籃子裡。

小龍迅速地從天花板上滑下來。

小結、小匠，還有小萌三人都屏氣凝神地觀望著小龍的動靜。

小龍不停甩動長出尖角的頭，並且扭動著全身覆蓋藍色鱗片的身軀，朝向設下陷阱的籃子之中火速衝去。

就在小龍的身軀幾乎完全陷入籃子裡時，媽媽迅速蓋上蓋子，把小龍露在外面的尾巴塞進籃子裡。

所有人同時鬆了口氣。

「這樣可以先安心一下了。」媽媽說道。

被關在籃子裡的小龍驚訝地發出窸窸窣窣的聲音不停動著。小匠露出擔心表情一邊摸著籃子的凹凸表面、一邊對著籃子裡的小龍低聲說：「小龍，不用怕。我們很快就會帶你到山上去喔。」

「好了。你們都去穿上雨衣，準備出發。小匠，你要記得帶夜叉丸舅舅給的果實喔。」

媽媽表現俐落地指揮。

「我知道。我已經放在客廳桌上了，等一下我會放進雨衣的口袋裡帶去。」

聽到小匠這麼回答後，大家準備開始行動。就在這時——

叮咚！

玄關的門鈴突然響了。小結、小匠、小萌和媽媽全嚇了一跳，並且同時注視著玄關。

叮咚！

門鈴又響了一次。

「會是誰啊？」小結露出不安地表情說道。

「小匠，你把籃子拿到客廳去。要好好看著喔，別讓小龍溜出來。」

說罷，媽媽把籃子交給小匠，然後神情緊張地朝向玄關門走去。

叩！叩！叩！

這回變成了敲門聲。

「信田先生！有人在家嗎？」

不知道什麼人在門後大叫。

「來了！」媽媽一邊回答、一邊從門上的貓眼孔看向門外後，吃了一驚地回頭看向小結。

「怎麼了？是誰？」

小結就快走進客廳時，感到在意地停下腳步問道。

「是警察。警察就站在玄關外面。」

「警察？」

小結也吃了一驚地直直注視著玄關門。聽到小結的聲音後，小匠和小萌露出擔心表情從客廳門後看向這方。

警察來信田家要做什麼？難不成有人通知警察說信田家有龍寶寶？

媽媽發出「喀鏘」一聲打開了門鎖。看見小匠和小萌打算探出頭看，小結急忙關上客廳門說：「你們乖乖待在裡面。要看好小龍喔。」

媽媽沒有解開門鏈，戰戰兢兢地直接打開玄關門。

「不好意思，我們是警察。有事情想請教一下。」門外的人以開朗有活力的聲音說道。

「是……那個，請問是什麼事情呢？」

媽媽一邊再稍微打開門、一邊以試探的口吻問道。小結也站在走廊上，豎起耳朵等待對方說話。

「事情是這樣子的。昨天晚上這棟公寓的住戶向警方通報……」

小結稍微放心了。

從媽媽的背影看過去，也看得出來媽媽非常緊張。

「……發生什麼意外了嗎？」

媽媽以顯得不安的聲音問道。而門外的人回答媽媽的問題時，聲音中略帶著心虛的感覺。

「沒有……也不算是發生意外，怎麼說呢……根據民眾的通報內容，聽說昨晚七點多的時候，這棟公寓電梯前面的廣場上，聚集了很多條蛇。從府上的陽台看出去，應該能夠眺望整座廣場吧。請問昨晚有發生什麼不尋常的事情嗎？還是妳們有發現什麼異狀嗎？好比說，底下的廣場聚集了一大群蛇之類的……」

警察尷尬地笑出聲來。

小結暫時鬆了口氣地吞下卡在喉嚨的大石頭。

小龍的存在沒有被人發現。不過，還不能夠完全放下心來。這棟公寓的住戶當中，似乎有人知道昨晚發生了蛇群騷動。雖然感覺上警察並沒有很相信那人說的話，但有人目擊了昨晚那場騷動是無庸置疑的事情。

「那個……為什麼要來我們家問這種事情呢？」媽媽以生硬的語

調問道，感覺得出來媽媽也十分不安。

相反地，警察先生的聲音顯得開朗極了。

「沒有，我們不只到府上問話而已。我們是打算向所有住戶問話。昨晚接到通報後，我也立刻巡視了公寓四周，但沒能夠發現蛇群的存在。結果今天又接到催促電話……」

「催促？」媽媽感到納悶地歪著頭。

「是啊。對方說『警察不幫我們查個清楚怎麼行。萬一又出現那麼多條蛇，誰要負責？』所以，為了以防萬一，我們決定再次向公寓住戶問話看看。

沒有啦，畢竟這棟公寓離山很近。雖然應該不至於會出現好幾百條蛇擠滿整片廣場，但搞不好是受到氣候，還是其他什麼因素影響，使得蛇的數量變多，才會跑到公寓建地裡面來。如果真是這樣，對住戶會造成很大的威脅，也應該要通知衛生所才行。

基於這般考量，我們才會這樣挨家挨戶地進行調查。」

媽媽先關上門，然後解開門鏈，最後終究還是完全打開了玄關門。這時小結也總算看見了看起來像個好好先生的年輕警察。

「不好意思喔。」警察先生在門外一邊露出微笑、一邊行禮說道，「所以，有發現過嗎？看是太太您自己，還是您千金或公子的意見都好，不知道您們最近有沒有在公寓附近看見過蛇？」

公子？……聽到警察的話後，小結回頭看向後方。結果發現小匠已在不知不覺中走出客廳，並站在客廳入口處看向這方。

小匠原本一定是在客廳裡偷聽，知道昨晚的蛇群騷動成為話題後，便若無其事地走到走廊上來。

小結瞪了小匠一眼後，確認了客廳門已經牢牢關上。要是連小龍的存在也被人發現，事情就大條了。

「不知道耶……最近都沒看見過蛇出現耶……」媽媽裝傻地答

道。

「我也不知道。」小結急忙也附和媽媽說道。

想到自己竟然在警察面前撒謊，小結不禁緊張得心跳加速。

「小弟弟你呢？」好好先生的警察以溫柔的聲音詢問小匠，「你最近在公寓附近玩耍的時候，有沒有看過蛇呢？」

小匠露出僵硬表情沉默地搖了搖頭。小結發現警察一直看著小匠，不禁捏了一把冷汗。

「那個……」媽媽再次詢問警

察，「那位向警方通報的住戶究竟是怎麼描述的呢？昨晚有蛇聚集在這棟公寓前面是什麼樣的狀況呢？」

「是這樣子的。」警察先生露出顯得困擾的表情點了點頭，「那位住戶說他下班回來跟平常一樣準備走到等候大廳時，發現大廳前方的廣場上爬滿了蛇，就連想要找個地方站都找不到。那位住戶嚇得折返回馬路上，然後打公共電話向警方通報。後來我騎著摩托車趕到現場，並且和那位住戶一起在大廳前方巡視了一圈，結果連一條蛇也沒看見。」

小結和媽媽忍不住互看著彼此。看見兩人的反應後，警察一副慌張模樣接續說：「沒事的……大家應該不用太過擔心。向警方通報的那位先生好像也喝了點酒，不知道應該說他是看花了眼……還是會錯意，也有可能是這樣子。」

最後警察說了聲「打擾了」，並精神奕奕地離去。媽媽朝向警察遠去的背影深深鞠了個躬後，火速鎖上玄關門說：「幸好沒事。」

小結一邊瞥了小匠一眼、一邊對著媽媽說：「幸好只被人發現蛇群出現而已。而且，警察來到這裡時，蛇群已經全部都離去了，所以應該不用擔心吧。」

「嗯。」

媽媽也如釋重負得嘆了口氣，然後朝向僵住不動的小匠露出疲憊的笑容。

「怎麼感覺好像很累。」小結這麼說，然後聳了聳肩。

這時，媽媽總算露出開朗的笑容。

「不過，只要有個完美結局就好……大家提起精神來，我們還要把小龍帶到山上去呢。小匠。」

「媽媽！」小萌在客廳裡大聲喊道。

「對不起！對不起！媽媽馬上來！」媽媽急忙大叫回應小萌。

「媽媽！小龍從籃子裡面溜出來了！」

站在走廊上的三人露出驚訝表情互看著彼此。大家這才想起小萌獨自與裝在籃子裡的小龍被留在客廳裡。

「什麼?!慘了！」媽媽說道，「要趕緊再把小龍關進籃子裡！陽台的落地窗是關著的吧？」

三人火速衝向客廳門時，小萌的聲音再次從客廳裡傳來：「喂！小龍，不行喔！媽媽！小龍牠啊，牠在吃桌上那顆怪怪的果實！」

9 暴風雨的夜晚

「不可以！」媽媽大叫道。

「小龍！」小匠大叫道。

「小萌！快阻止牠！」小結也大叫道。

然後，三人擠成一團地擠進了客廳裡。在那同時，三人發出像是慘叫，也像是嘶吼的大叫聲，並且站在原地不動。

小萌朝向客廳門的方向往後退，一路退到三人眼前的位置。剛才還裝著小龍的野餐籃，就滾落在小萌的腳邊。

原本好好擺設在客廳裡的桌子、沙發組以及電視，如今被推擠到客廳四個角落，而且東倒西歪。

然後，擠開礙眼家具後，小龍在客廳中央蜷縮成一團，此刻仍繼續成長著。

高高聳立的龍頭感覺就快碰到了天花板。全身覆蓋著鱗片的身軀，宛如不斷膨脹的氣球般慢慢壯大。因為這樣的緣故，原本蜷縮成一團的龍軀逐漸朝向公寓牆壁逼近。

最後還聽見了小龍頭上的角撞到天花板的聲音。

「咚」的一聲悶響傳來後，天花板發出令人毛骨悚然的嘎吱聲。

「小龍要是撞開了天花板，怎麼辦?!」小結一邊膽戰心驚地仰望小龍、一邊用著快要哭出來的聲音說道。

「小龍！喂！小龍！把頭壓低一點！！」

小匠一邊拚命地揮手、一邊這麼大喊後，小龍稍微壓低了原本抬

得高高的頭部。

雖然小龍壓低了頭，但這回換成長得太大的龍軀碰到了客廳牆壁。

隔開和室的拉門發出嘎吱聲響倒了下來，陽台的落地窗也開始咯吱咯吱地晃動起來。

所有人都身體僵硬地屏住呼吸，並且在心中不停地禱告。

快停止啊！快停止啊！別再繼續長大啊！

小龍已經成長到只要再長大一些，客廳就會炸裂開來的程度。就在這時——劈哩一聲傳來，有扇拉門裂成了兩半。小龍頭上的角撞到了客廳的日光燈，日光燈隨即發出喀鏘一聲碎裂了。

牆壁、天花板、整間客廳都嘎吱嘎吱地發出哀鳴。

完蛋了！已經沒救了……就在大家做好心理準備時，小龍總算停止了成長。

即使客廳裡已經變得一片安靜，有好一段時間大家還是不敢移動身體。親眼目睹成長果實的威力後，信田家所有人腦中變得一片空白，還搞不清楚到底發生了什麼事，也不知道接下來該怎麼辦。

「你為什麼要把成長果實隨便丟在桌上?!」

小結好不容易才回過神來，低聲這麼向小匠抱怨。小結擔心萬一說話說得太大聲，會讓小龍受到驚嚇。萬一小龍現在失控，不管是這間客廳，還是整棟公寓，都會變得一塌糊塗。

「因為……」小匠也以輕聲答道，「我怕要出門去山上時會忘記，所以先把果實放在顯眼的地方。想說晚一點再放進雨衣的口袋裡……」

「既然都要帶去了，幹嘛不先放在褲子的口袋裡？」

「這口袋很淺，我每次放手帕進去，也會一下子就掉出來啊。」

「也不能因為這樣就放在桌上啊。」

兩人嘰嘰喳喳吵個不停時，媽媽急著說：「別吵了。小龍已經把成長果實吃進肚子裡了，你們再吵也沒用啊。是我們不應該把小龍丟給小萌一個人看，所以大家都有錯。」

小萌發出「嗯、嗯」的聲音點點頭後，開始說起話來：「那個啊，小龍牠啊，牠一直亂動個不停，然後把籃子的蓋子弄壞了。小龍先用頭上的角去撞蓋子，再用力推，結果把蓋子撞壞跑出來了。真是個壞小孩喔。」

說到這裡時，小萌抬起頭仔細看過每一個人後，詢問說：「接下來要怎麼辦啊？要把小龍養在客廳裡嗎？」

聽到小萌的話語後，大家差點噗哧笑了出來。媽媽溫柔地撫摸小萌的頭髮說：「那怎麼可能呢。我們家已經沒辦法繼續養小龍。我們要盡快讓小龍回到天上去才行。小龍必須在像浴室，或像雲朵巢穴那樣潮溼的地方，才能夠活下去。現在小龍變得這麼大，已經沒辦法在我們家做雲朵巢穴，對吧？如果我們把小龍丟在這裡不管，牠可能會變得乾巴巴的，然後死掉喔。」

小匠露出擔心表情抬頭仰望變得巨大的小龍說：「可是，我們要怎麼讓小龍回到天上去？要是被大家發現，那會造成大轟動耶。」

媽媽抬頭看向被小龍擋住的陽台落地窗方向，然後沉思了好一會兒。

「只好等到晚上再行動了。氣象報導說傍晚會開始下雨，只好等到四周變暗，路人也變少的時候，再從陽台放小龍出去了。希望在那之前，龍穴不要已經飛過這一帶上空才好啊……」

於是，大家決定一邊照顧變大的小龍、一邊等待夜晚到來。

讓大家擔心的一點是，萬一小龍不喜歡待在狹窄空間裡，而暴動起來的話，事態將會變得一發不可收拾。不過，這樣的擔憂似乎太多餘了。

小龍非常地溫馴。與其說溫馴，感覺更像變得沒有精神。

媽媽說的沒錯，對小龍而言，狹窄又乾燥的客廳絕非舒適的環境。被迫離開潮溼的雲朵巢穴後，小龍一副精疲力盡的模樣把頭倚在蜷縮成一團、如山一般高的身體最上方。

「小匠，去拿溼毛巾幫小龍擦一擦身體比較好。小龍的身體如果變得太乾不太好。」

「我知道了。」

聽到媽媽的指示後，小匠充滿幹勁地往洗手台跑去。

「小結，你去超級市場買便當回來好不好？今天禁止使用廚房。如果用了瓦斯，使得客廳變得更熱的話，那就不好了。而且，看這樣子根本也進不了廚房……」

小龍的身體完全擋住位於客廳角落的廚房，所以廚房被禁止使用也是沒辦法的事情。因為就快下雨了，所以家裡悶熱得讓人覺得難受，但今天也不能打開陽台的落地窗。如果打開冷氣，會讓客廳變得更加乾燥，所以為了小龍著想，也只能夠忍著不開冷氣。

小結去超級市場買完東西回來時，天空正好下起雨來。

然後土壤、樹木以及青草的氣味隨之湧出，並且縈繞在公寓四周。

距離候梯大廳還有五公尺，小結一邊做最後衝刺、一邊在心中禱告。

拜託再下大一點！愈大愈好！

快把整個街上都籠罩起來！快蓋住整個天空！

拜託讓小龍在不讓任何人發現之下，回到天上去！

接下來只能夠耐心等待夜晚降臨。

這天，小結提早洗了澡，然後把電風扇拉到玄關前面的走廊上吹乾頭髮。洗澡時少了小龍陪伴，整間浴室變得空空蕩蕩，讓人覺得好

9 暴風雨的夜晚

不寂寞。

比小結先洗完澡後，小匠倒勤快地用溼毛巾幫小龍擦著身體。在敞開的客廳門附近，看得到小萌也用毛巾幫小龍擦尾巴。

媽媽從小龍蜷縮成一團的身體縫隙鑽進和室，然後收拾好裂開成兩半的拉門，並為了準備晚餐而陷入苦戰。

「媽媽，我也來幫忙吧！」

小結這麼搭腔時——

玄關傳來「叮咚」的門鈴聲。

不管是小結、小匠、小萌，還是媽媽，客廳裡所有人都停下動作。

還好，這時關起的玄關門另一端，傳來的是爸爸開朗的聲音：

「我回來了！」

「是爸爸回來了！」

小結一邊說道、一邊跳了起來，然後迅速衝到玄關解開門鏈和門鎖，最後整個打開玄關門。

「快點！爸爸，快點進來！」

在小結的催促下，爸爸快步走進玄關。為了擋住帶有溼氣、顯得沉甸甸的風，小結火速再次關上玄關門，並上門鎖和扣上門鏈。

「事情好像很嚴重喔？發生什麼事了？咦？為什麼電風扇會在走廊上……」

爸爸鞋子脫到一半後，彷彿中了魔法似的，就這麼一直抬高還穿著襪子的右腳動也不動。

爸爸注視著客廳裡的光景許久。

不久後，緩緩吸了口氣，然後慢慢把右腳放在走廊的地板上，並開口說：「我想先確認一件事情。這應該不是夢境吧？」

每個人都搖了搖頭。

「還有，這……這應該也不是媽媽的親戚在開玩笑，讓我們產生幻覺吧？」

每個人再次搖了搖頭後，小結做了補充說明：「這雖然跟媽媽的親戚有些關係，但真的不是什麼幻覺。」

聽到小結的說明後，爸爸總算脫下另一隻腳的鞋子，並且在走廊上慢慢向前進。

「也就是說，這的的確確是真的囉。」正好來到客廳入口處的爸爸探出頭看向客廳後，再次輕輕叫了一聲，「哇啊！我的天啊！我們家的客廳被巨龍占據了！」

這時，媽媽好不容易穿過小龍身體的縫隙，從和室鑽了出來。走近爸爸後，媽媽一副非常過意不去的樣子這麼說：「對不起喔。害你嚇了一跳吧？」

爸爸露出吃驚表情注視著媽媽，然後不停地眨眼。

「嗯……我想想喔，在我的人生當中，這次應該算是可以列入前三名的超級驚嚇吧。」

爸爸嘴裡這麼說，卻表現出一副非常感興趣的模樣，望著在客廳裡蜷縮成一團的小龍。

「所以呢？這條龍到底從哪裡來的？該不會是小龍的媽媽來接兒子……還是小龍的爸爸來跟小龍見面……或者是小龍的爺爺……」

「不是啦。」媽媽打斷爸爸的話語說道，「不是這樣子的啦。牠不是小龍的爸爸，也不是小龍的媽媽，更不會是小龍的爺爺……其實，牠就是小龍。」

爸爸再次直直注視著小龍，並從頭到腳看了一遍後，低聲喃喃說：「到底是怎麼回事啊？牠一點都不小耶。這樣根本是巨龍啊……為什麼只有一天的時間會長得這麼大……」

這時，媽媽總算把今天發生的事情，一五一十地說給爸爸聽。

聽完媽媽的描述後，爸爸非常遺憾小龍把整顆成長果實都吃下肚。

「哪怕是一點點渣也好，要是那顆成長果實有剩下的話，就可以拿去研究室培養。」

無論什麼時候，爸爸都不曾忘記對於研究植物的熱忱。

不過，現在不是談什麼研究時候，讓小龍回到天上去的時刻已經慢慢逼近了。

窗外下著傾盆大雨。宛如歌聲般的風聲環繞在公寓四周。夕陽餘暉逐漸加深顏色，並悄悄溜進客廳裡，小龍的身影也隨之化為全黑的影子。

媽媽點亮和室的燈光，然後對著大家說：「好了，總之大家先把飯吃一吃吧。我想天色應該很快就會變暗才對……」

大家一下子鑽過龍軀與牆壁之間的縫隙、一下子跨過蜷縮成一團的龐大身軀，才好不容易聚集到了和室。

窗戶緊閉的空間變得愈來愈熱，連買回來的便當吃起來也變得乾乾的，所以每個人都不太有食慾。小龍也在客廳裡像睡著了一樣動也不動。

一片黑暗的天空時而會閃過雷光，雲層也會跟著發出轟隆轟隆的聲響。小結一邊說「我吃飽了」、一邊準備放下筷子時，突然嚇了一跳。

小結屏住呼吸不動，眼睛直直注視著從和室通往陽台的落地窗。急遽猛烈的風雨不停拍打著玻璃。不知不覺中，窗外已經陷入了一片黑茫茫的世界。

小結感覺到有個巨大物體正從外面一片黑茫茫中，往這邊靠近。那感覺就像一直模糊不清的相機焦點，慢慢變得清晰起來……

小結又開始豎起順風耳。

「我聽見了……」

聽到小結這麼嘀咕後，圍繞在餐桌上的每個人都看向了小結。

小結把注意力集中在順風耳的能力上，然後報告：「我聽見了！有個巨大物體乘著風迅速朝向我們這邊靠近！

我聽得見對方的呼喚！我聽得見在呼喚小龍的聲音！」

爸爸看向小龍點點頭說：「小龍似乎也聽得見在呼喚牠的聲音。」

大家驚訝地回頭看向客廳後，發現小龍不知何時已經從蜷縮成一團的身軀高高抬起頭，並且一直注視著窗外。睜大的金色眼珠直直盯著遠方天空的某個位置。

媽媽一副期待不已的模樣開口說：「我猜應該是在這附近上空的其中一個龍穴，正慢慢靠近我們公寓上方。因為距離很近，所以龍穴裡的同伴們察覺到長大了的小龍在公寓裡。然後，小龍也察覺到了同伴們的存在……小龍和同伴們是在互相呼喚。」

媽媽說完話後，一道銳利閃電幾乎在那同時劃過窗外。

這時，小龍張大了嘴巴。奇妙的聲音從小龍的喉嚨深處湧出。

那聲音難以用言語形容，感覺像是好幾萬根笛子同時響起，也像是遠方雷聲與吹拂過的風聲參雜在一起的聲音，聽起來奇妙極了。

「好機會！」媽媽語氣堅定地說道，「如果想讓小龍回到天上去，就要趁現在！現在小龍可以乘著風直直飛到同伴身邊去！」

「好！」爸爸也說道，「小匠！你出去陽台看一下四周的狀況！如果公寓四周都沒有人，我們就讓小龍回到天上去。」

大家同時展開了行動。

爸爸開始在小龍蜷縮成一團、如山一般高的身軀上攀爬，朝向被小龍擋住的客廳落地窗爬去。小結和媽媽站在和室的窗戶邊，觀察著從天上慢慢靠近地面的小龍同伴們的動靜。

準備衝出陽台之前，小匠回頭看了小龍一眼，並輕輕摸了一下小龍被擠入和室入口處的身軀說：「小龍，我最喜歡你了。現在要讓你回到同伴的身邊去喔……」

在這之後，小匠像是要甩開感傷情緒似的大叫了聲：「衝啊！」並迅速往雨中的陽台衝去。

「小龍，乖乖喔。很快就會讓你回到天上去喔。」小萌一邊撫摸小龍的鱗片、一邊低聲說道。

媽媽隔著玻璃抬頭仰望黑茫茫的天空，然後詢問小結說：「如何？聽得見嗎？已經來到我們正上方了嗎？」

小結豎起順風耳不動，然後靜靜地回答：「還沒。不過，愈來愈靠近了。大概再過五分鐘，肯定就會來到我們家公寓上面。」

「狀況如何？問一下小匠可不可以打開窗戶了？」爸爸好不容易爬到客廳的落地窗後，對著小結和媽媽問道。

媽媽打開和室的玻璃落地窗，然後朝向陽台上的小匠搭腔說：

「小匠？可以打開窗戶了嗎？外面有人嗎？」

小匠撥開以猛烈速度吹進屋內的風雨，滿臉溼答答地從和室的陽台上，忽然探出頭看向屋內。

「公寓四周是沒看見任何人，只是……隔壁的阿姨正在客廳看電視。他們家的窗簾沒有完全拉上，要是阿姨看向窗外就不妙了。這樣應該會被發現讓小龍飛走的現場。」

「這樣不太妙。」媽媽皺起眉頭說道。

小結也用力點了點頭說：「這樣非——常不妙。要是被森田阿姨發現了，消息很快就會在整棟公寓傳開來。」

「可是，動作不快一點的話……小龍的同伴們會飛到遠處去……」

媽媽露出擔心表情抬頭瞥了夜空一眼，然後突然語氣堅定地嘀咕：「好吧，我去隔壁按門鈴好了。我會把森田太太叫到玄關來，你們就趁那個時候讓小龍飛回天上去。」

小結驚訝地看向媽媽說：「可是……妳要跟森田阿姨說什麼？她一定會問妳有什麼事的。」

「我會想辦法應付她的。」

媽媽一邊這麼說、一邊已經鑽過小龍蜷縮成一團的身體縫隙，準備朝向玄關走去。

「媽媽！」小結腦中突然閃過一個想法，於是叫住了媽媽。媽媽在客廳入口處回過頭看。

「我想到了好點子。森田阿姨出來應門的時候，就跟她說想要借用來殺蟑螂的殺蟲劑就好了。就說又有蜘蛛跑進我們家浴室不肯出來……」

雖然媽媽露出為難的表情，但立刻點了點頭說：「我知道了。我會這樣說看看的。我會盡可能地讓森田太太留在玄關久一點，剩下的就交給妳了。」

「收到！」

聽到小結的回答後，媽媽露出微笑打開玄關門走了出去。

爸爸把客廳通往陽台的落地窗打開一小縫，並通知在陽台上的小匠說：「小匠，你好好監視隔壁喔。媽媽現在要去隔壁按門鈴。小心不要被發現。」

「沒問題。」

小匠在風雨之中答道。小匠從陽台的欄杆上探出身子，然後偷偷看向隔壁的客廳。

「小萌，妳來這邊。很快就要放小龍回天上去了。」

聽到小結的呼喚後，原本一直摸著小龍身軀的小萌站了起來。

「喏，過來！過來姊姊抱妳，不然太危險了。」

看見小萌從小龍身上挪開後，小結一邊這麼說、一邊抱起小萌時，小匠打開陽台的落地窗，並大喊說：「快趁現在！隔壁的阿姨離開客廳了！爸爸！快點！快點打開！」

和室裡的落地窗完全打了開來，屋外的風雨隨之捲起漩渦流進屋內。吹進來的風雨攪拌著屋內的悶熱空氣，小龍順著風向探出了身子。

「小龍！不是那邊！來這邊！」

爸爸一邊大聲喊道、一邊突然把客廳的落地窗整個打開來。此刻客廳裡已是滿滿的風雨，就像暴風雨來襲一般。

小結看見爸爸頂著暴風雨衝出了陽台。爸爸讓身體緊貼在陽台入口處旁邊的牆壁上，並對著小龍呼喚說：「過來！小龍！快出來！」

小匠也讓身體緊貼在玻璃窗旁邊，然後對著小龍呼喚說：「快去！小龍！快飛到天上去！」

小結清楚看見小龍堆高在她眼前的蜷縮身軀，如水波動盪般緩緩解了開來。

小結抬頭一看後，發現小龍的頭部已經鑽出客廳，在黑夜之中高高挺起。

龍頭朝向黑暗與強風之中靜靜地往上爬。

耀眼的閃電照亮了小龍身上的鱗片，以及隨風波動的鬃毛。粗大的光滑身軀輕盈地慢慢越過陽台的欄杆。小龍正準備往狂風暴雨之中的夜空飛去。

夜空裡響起同伴們呼喚小龍的聲音。同伴們的龍穴已經來到了公寓上空。

最後還剩下小龍的尾巴留在屋內。小龍的尾巴滑過牆邊的沙發，粉紅色坐墊被掃到地板上。終於，小龍完全飄浮在夜空之中。

小龍在洶湧風雨之中往上漂浮，並且看似開心地朝向天空張大嘴

巴。這時，奇妙的聲音再次在黑暗之中響起。

小萌在小結的懷裡低聲說：「小龍在說拜拜喔。牠說『我最喜歡大家了，拜拜』。」

小萌保持被小結抱在懷裡的姿勢，朝向天空揮揮手說：「拜拜！小龍！下次再見喔！」

小結在榻榻米上輕輕放下小萌後，自己也光著腳丫走出大雨滂沱的陽台上。小萌也小心地跟在小結後頭。

爸爸、小匠、小結以及小匠任

憑溼熱的雨水打在身上，排排站在陽台上目送著小龍往夜空飛去。

每當小龍的身影快被黑夜吞沒時，就會出現白色閃電，照亮逐漸遠去的小龍身影。

小龍已經飛到了足以俯視公寓的高空，並且化為一條柔軟絲帶飛去。

小結聽到玄關門打開的聲音而回過頭看後，看見媽媽穿過昏暗的客廳來到陽台。

「成功了嗎？」

小結朝向媽媽點了點頭後，指向夜空說：「妳看，小龍已經飛到那麼遠了。牠直直朝向同伴們的身邊飛去。」

走出陽台後，媽媽從欄杆探出身子，並且定睛看向位於遙遠上空的小龍說：「真的耶。啊……牠快要碰到雲層了……」

「小龍！拜拜！」小萌再次輕聲說道，並朝向夜空揮手。

爸爸和小匠一邊任憑暴雨打在身上、一邊只是沉默地仰望著天空，什麼話也沒說。

豆大雨滴不停滴落之中，小匠睜大著眼睛眨也不眨一下，連漏看小龍的身影一秒鐘也不願意。

這時，小龍的身影在閃電光芒照亮下，終於被烏黑雲層吞沒而消失不見了。

小結聽見長長的嘆息聲從小匠口中溜出。然後，也聽見上空的龍穴傳來小龍與同伴們的喧鬧聲。

「放心，小龍已經順利回到同伴們的身邊了。大家都非常歡迎小龍回去喔。」小結在小匠耳邊低聲說道。

這時，小匠用力抿著嘴，然後總算願意挪開視線，並輕輕點了點頭。

「好了。」媽媽以開朗的聲音說道，「大家快進去屋子裡，沖個熱水澡吧。然後，要來想想辦法看怎麼整理那亂七八糟的客廳。」

10 有個完美結局就好

就這樣，小龍回到了天上的同伴們身邊，信田家也迎接了睽違已久的和平夜晚。

這天深夜，小結察覺到有動靜而醒了過來。結果發現小匠已經走下床，正準備走出房間。

下個不停的雨已經停了，屋外一片寧靜。夜裡帶有涼意的潮溼空氣縈繞著房間。

小結悄悄地鑽出被窩，並追著腳步聲偷偷走進客廳裡。

小匠該不會又要去廚房吃雞蛋吧……

藍白色月光照亮著昏暗的客廳。因為雨水潑進屋內，所以客廳的地毯還有一些地方溼溼的，但被小龍擠開的家具都已經確實歸位了。

蕾絲窗簾靜靜地擺動著。原來是陽台落地窗打開了一小縫，所以夜風從縫隙吹了進來。

少了一扇拉門的和室傳來爸爸有規律的鼾聲。

小結穿過沙發和桌子之間，悄悄地走近陽台。

小結隔著玻璃探頭一看後，看見小匠倚在陽台欄杆上仰望天空的背影。

烏雲散去後的夜空清澈無比，農曆十三號夜晚的月亮彷彿經過一番洗刷般，輪廓分明地浮在空中。

小結躡手躡腳地從落地窗的細窄縫隙穿出陽台時，小匠回過頭瞥了一眼，但馬上別過臉去仰望天空。

陽台的水泥地踩起來冰冰涼涼的，雨後的夜風中，參雜著夏夜的香甜氣味。

小結把雙手倚在與小匠隔了一些距離的欄杆上，一起仰望著月亮。

「……你早就知道事情會這樣吧？」小結保持望著夜空的姿勢詢問了小匠。

「你早就知道小龍會在今晚回到天上去吧？因為你擁有『時光眼』啊……」

小匠還是一直注視著月光，連點個頭的意思都沒有。不過，不久後小匠輕聲地說：「就像姊姊的順風耳一樣，我的時光眼也不是每次都能幫得上忙。雖然有時候會突然看見在時光另一端發生的事情，但我無法分辨事情會在今天發生，還是在十天前已經發生過。」

「我也是啊。像是有豪雨警報或有颱風來的時候，我就會聽不太

清楚聲音。像今天也是到了中途才聽得清楚。」

「我不是這個意思……」小匠總算看向了小結，「姊姊妳只要豎起順風耳仔細聆聽，就聽得到想知道的事情，對吧？

我跟妳不一樣。有的時候就算我拼命想看見，也完全看不到；有的時候明明不想看見，卻會突然看見時光另一端的畫面。我根本控制不了。像小龍的事情也一樣。

我看見過好幾次小龍變大後，在狂風暴雨中飛向黑暗天空的畫面。我根本不想看見那樣的畫面……就算看見了，我也不知道什麼時候會發生……

擁有這種力量根本沒用。我才不稀罕擁有什麼時光眼。」

「不可以說這種話喔。」小結責備弟弟說道，「媽媽也說過等你再長大一些，就會懂得如何運用自己的力量。更重要的是，能夠看見時光另一端的未來或過去，不是很酷嗎？比起我的順風耳，我覺得你的時光眼好太多了。」

「我才不要呢。」小匠迅速答道，「能夠看見未來不就跟祝姨婆沒什麼兩樣。我才不想跟祝姨婆一樣呢，糟透了。」

小結看著小匠立刻噗哧一聲笑了出來。

「妳幹嘛笑啊？妳不會懂的啦。我像誰都好，卻偏偏像到祝姨婆。妳能懂我這種心情嗎？」

小結一邊抖著肩膀還笑個不停、一邊對著小匠說：「因為你跟祝姨婆根本就不像啊。祝姨婆根本就沒有時光眼，而且她的占卜都是騙人的。」

「為什麼？祝姨婆這次的預言也說中了啊。她不是說『大災難無聲無息地慢慢靠近』嗎？還說那災難會把我吞掉……祝姨婆說的預言不是都說中了……」

小匠說到一半時，小結很直接地打斷他的話：「不是這樣子的。

那次其實是祝姨婆事先設計好的。其實是祝姨婆欺騙了夜叉丸舅舅，讓舅舅把蛇眼石送給你。所以，祝姨婆的占卜根本是計劃好的。」

小匠露出吃驚的表情。

小結稍微走近弟弟，然後直直注視著弟弟的臉說：「懂了嗎？所以，你最好不要說不稀罕擁有時光眼這種話。時光眼是只屬於你的東西，你要好好珍惜。」

小匠聳了聳肩說：「其實就算說不要，也沒有用喔。因為不管是姊姊的順風耳，還是我的時光眼，都是我們與生俱來的力量……」

兩人再次仰望皎潔明月。

「小龍現在不曉得在幹嘛……」

「牠一定是飛到比同伴們更高的地方去了吧。因為牠想要做出更大朵的雲朵巢穴。」

帶有夏日氣味的晚風劃過黑夜，縈繞在公寓四周。

「小萌應該也從媽媽的血統得到了力量吧……」小匠嘀咕了一句。

「不知道耶。」這回換成小結聳了聳肩說道，「媽媽說過因為小萌現在還小，所以還不知道會怎樣。不過，有沒有都好。因為不管有沒有得到力量，小萌、你還有我都是媽媽和爸爸的小孩啊。」

公寓廣場四周圍繞著花草叢，不知道開在何處的玫瑰花香，乘著晚風飄了上來。

「小龍的同伴們似乎把夏季帶到這個街上來了……」小結這麼心想。

小龍回到天上後的隔一天，也就是星期六晚上，鬼丸爺爺出現在信田家的沙發上。

看見鬼丸爺爺突然以巨大狐狸的身影出現在沙發上，然後一副什麼事情都沒發生過的模樣觀賞著週六播放的特別劇場，小結明白了媽媽說的話完全正確。

爺爺在重要時刻總是幫不上忙。等到一切問題都解決後才出現，這個爺爺真是太狡猾了。

「今天沒有古裝武打劇嗎？」

看見爺爺板著臉說道，小結忍不住生氣地回嘴說：「爺爺那麼想看古裝武打劇，怎麼不在星期二來？我們大家一……直在等爺爺來耶。」

不過，這種挖苦的話對爺爺根本一點作用也沒有。

「我這陣子忙得很。因為夜叉丸那小子又做出蠢事，搞得大家手忙腳亂的。」

小結感到好奇地試著詢問說：「夜叉丸舅舅現在怎樣？舅舅知道我們家也因為他而大受困擾嗎？」

鬼丸爺爺沒有理會小結的第二個問題，只回答了第一個問題：

「那小子接受了圓形禿頭懲罰後，不知道又去哪裡旅行了。」

「圓形禿頭懲罰？」

「沒錯。就是頭頂上方那一塊被剃成像和尚那樣。

在頭上的毛重新長齊之前，那小子八成會覺得太醜，所以不會回到山上來吧。

因為那小子實在是太愛闖禍了，這次齋奶奶也氣得火冒三丈，才會決定讓他接受圓形禿頭懲罰。

我想夜叉丸這次接受了懲罰，應該會反省一下吧。」

坐在沙發角落看電視的小匠，瞥了小結一眼。小結朝向小匠露出不懷好意的笑容，並使了一下眼色。

雖然小匠急忙轉過頭，但這樣小結就已經很滿足了。夜叉丸舅舅給信田家帶來這麼大的麻煩，接受圓形禿頭這麼點小懲罰也是應該的。雖然不曾與齋奶奶見過半次面，但小結忍不住想要跟奶奶說一聲謝謝。

星期天，信田家一家人來到好一陣子沒來的後山。大家帶著媽媽親手做的飯糰和水壺，悠哉地走在通往山頂的山路上。

山上已進入盛夏季節。潮溼的熱氣瀰漫在樹林間，閃閃發光的陽光從枝葉間流洩進來，昆蟲們在陽光籠罩下忙碌地穿梭。土壤和青草的氣味一滴一滴地滲出，蟬鳴聲不斷響起，蔚藍色的夏日天空，在一片蒼鬱的樹木枝梢上方蔓延開來。

小結與媽媽並肩而行地走在山路前頭。小匠和小萌在落後好一段距離的地方，與爸爸一起慢慢往上爬。他們一邊觀察緊貼在葉子底下的蝴蝶蛹，還有開在草叢之中的花蕾、一邊閒逛。

「好像小龍回到天上去後，夏天就跟著來了。」媽媽一邊撥開被汗水淋溼的頭髮、一邊說道。

黑斑蚊聞到汗臭味後，聚集了過來。小結從剛才就一直揮動手帕，驅趕不斷飛到她臉上的蚊子。

「早知道就先噴防蚊液再出門……」這麼說完後，小結忽然想起一件事而詢問媽媽，「對了，媽媽，上次那天晚上森田阿姨有借殺蟑螂用的殺蟲劑給妳嗎？」

「喔。」媽媽也一副這才想起來的模樣一邊笑笑、一邊點了點頭，「有啊。我告訴森田太太說想要趕走浴室裡的蜘蛛後，她嚇了一跳地問我說：『又有蜘蛛跑進來了啊？』」

「森田阿姨她上次在懷疑我們家是不是偷偷養了寵物。小萌好像跟她說了一些有關小龍的事情。後來我在電梯遇到森田阿姨時，她問我家裡是不是有什麼動物，我就回答她說有一隻很大的蜘蛛跑進來浴室，所以小萌和小匠把那隻蜘蛛當成寵物在養。」

聽到小結的說明後，媽媽露出覺得有趣的表情點了點頭說：「森田太太很爽快地就借了殺蟲劑給我，之後她跟我聊起警察來問話的事情。她問我警察有沒有到我們家問話，我回答說『有』之後，她就跟我說了很多事情。她說是佐山家的叔叔打電話給警察。」

「什麼?!」小結嚇了一跳地看向媽媽，「佐山家的叔叔是那個超愛蛾的佐山叔叔嗎？那這樣，小匠引起的蛇群事件目擊者就是佐山叔叔啊？」

「沒錯。真不知道是不是該說太巧了，不管是小龍飛進來我們家的時候也好，蛇群湧進公寓的時候也好，每次都被佐山先生撞見。

森田太太甚至還說佐山先生那個人有點怪怪的，說他應該是喝醉酒在作夢。我聽了突然覺得佐山先生有點可憐。」

「好像太對不起他了。我想佐山叔叔一定嚇壞了吧。」

那個長得像老鼠的佐山叔叔看見蛇群聚集在廣場上時，肯定嚇得腿軟。小結想像了那畫面後，忍不住嘆了口氣。

「對了、對了。還有啊……」媽媽突然以開朗的聲音接續說：「森田阿姨一直覺得很納悶呢。她說『傍晚的時候明明發生很大的地震，電視卻都沒有報導出來』……」

「地震？」小結愣了一秒鐘後，立刻明白，「啊！小龍變大的時候，隔壁也跟著震動了啊？」

「沒錯，真是好險啊。任誰也想像不到會有龍在自家公寓的隔壁房間突然變大，然後差點撞破牆壁吧。」

媽媽和小結互看一眼後，嘻嘻笑了出來。一陣帶有濃濃夏日氣息的風從兩人之間吹拂而過。

山頂上的廣場已近在眼前。

「媽媽——」小萌滿臉通紅地跑了上來，「有野草莓耶！是小匠哥哥發現的喔。在很大一棵樹下的草叢最裡面，長出很多野草莓喔。爸爸說這種野草莓叫做紅梅笑，還說可以吃喔。」

「紅梅笑？」媽媽注視著小萌用手指抓住的一顆一顆黃色野草莓，然後歪著頭說道，「這草莓的名字還真奇怪呢。」

「不是紅梅笑，是紅梅消啦！」

小匠總算追了上來，並且這麼做了更正。小匠氣喘吁吁地說：「媽媽，妳有帶塑膠袋來嗎？下山時我們去摘野草莓回家。聽說把野草莓洗乾淨後，拿去冰箱冰了再吃，會很好吃喔。這野草莓很甜喔。」

小匠一邊這麼說、一邊把自己摘來的野草莓丟進嘴裡。小萌也立刻學哥哥大口吃起草莓。

最後一個爬上山來的爸爸，總算來到大家身邊。爸爸也不停地咀嚼著。看來爸爸似乎偷吃了很多野草莓才爬上來。

「喏！媽媽跟小結也吃吃看吧。」

爸爸張開手掌心說道，手掌心上有兩顆小小的野草莓，小結和媽媽各拿起一顆丟進嘴裡。

「真的好甜─喔！」小結露出開心的表情說道。

「這野草莓這麼甜，做成果醬一定很好吃喔。」媽媽說道。

大家一起爬上通往山頂廣場的最後一段坡路。

廣場上洋溢著夏日陽光以及風聲。小結一家人居住的公寓以及遠方街景，在中斷的樹林另一端延伸開來。蔚藍天空下的街景，在明亮陽光籠罩下靜靜入睡。

來到廣場角落後，小結一家人倚在熟悉的麻櫟樹上不動，一邊聞著熱風的氣味、一邊陶醉地俯視著街景好一會兒。

小結做了一次深呼吸後，開口說：「今天天氣這麼好，再加上暑假就快到了，一想到這，就覺得不可能再發生什麼壞事了。感覺災難已經不知道跑哪裡去了……」

媽媽把頭抬得直挺挺地迎著風，並以開朗的聲音回答：「萬一災難再來也沒關係啊。儘管放馬過來吧！」

「咦——?!」

三個小孩互看著彼此，並出聲表示反對。小匠生氣地說：「我已經受夠了，我可不想背上再長出鱗片來。要是下次再有災難要來，我一定會迅速逃跑。」

「哎呀？絕對不可以逃跑喔。」媽媽露出認真表情反駁說道，「要是逃跑了，影子就會跟上來。如果不想被災難的影子纏住不放，就絕對不可以逃跑。只要正面面向太陽，你看！影子就會躲到我們後面，對吧？」

「可是，媽媽，這影子跟災難的影子不一樣啊。」小結反駁說道。

「沒有，是一樣的。我們不可能從影子身邊逃開。就算太陽爬得再高、光線再耀眼，一定都會落下影子。所以，如果想要逃離影子，就只能逃進比影子更黑暗的地方，不是嗎？這樣是不行的。

所以，如果不想輸給影子，就要一直挺起胸膛勇敢面向太陽。只要不去看黑暗那一面，而好好注視有光線那一面，就會知道影子根本就不可怕。」

說罷，媽媽勇敢地挺起胸膛，然後突然朝向藍天大喊說：「儘管放馬過來吧！妳這個騙人占卜師，個性扭曲的祝姨婆！我們才不怕什麼災難呢！」

小結四人露出驚訝的表情互看著彼此。真沒想到媽媽竟然會說祝姨婆的壞話……看來這次發生的事情，讓媽媽對祝姨婆慫恿夜叉丸舅舅的做法，感到相當憤怒。

覺得有趣的小匠接著大喊道：「儘管放馬過來吧！災難算什麼，看我的黃金右腿！」

感到興奮的小萌上下跳來跳去地大叫說：「儘管放馬過來吧！災難算什麼，看我的五爪功！」

小結感到愉快，所以也接著說：「災難算什麼，看我的拳頭！」

「祝姨婆算什麼……」大喊到一半時，爸爸急忙咳了一聲，「災難算什麼，看我一拳打得它滿地找牙！」

夏日的蔚藍天空吞噬了大家的聲音。兩、三朵小小的白雲浮在街道上空。

「喂——小龍！你過得好不好?!」小匠突然朝向白雲大聲呼喚。

雖然那朵白雲怎麼看都不可能是龍穴，但小匠毫不在意地繼續大喊，「小龍！你有聽到嗎?!你有看到我嗎?!」

小匠的聲音也被吸入了空氣之中。小匠保持注視著白雲緩緩流動的姿勢，在風中喃喃說：「我覺得總有一天會再看見小龍……」

媽媽、爸爸、小結和小萌彼此互看了一眼。

到底小匠是用時光眼看見了未來嗎？還是只是小匠的願望呢？

「不過……要是那隻巨無霸的小龍真的回來了……」

小結一副膽戰心驚的模樣說到一半時，爸爸點了點頭，並開口說：「那事情就糟糕了。我們家公寓禁止養寵物耶。」

「我們要買很多薄荷糖起來放喔。只有一顆不夠。」小萌說道。

「到時候佐山家的先生一定又會向警方通報，然後大叫說：『我們家公寓的上空出現了巨龍！』」媽媽說道。

「森田阿姨會說什麼啊？」小結開玩笑地問著大家。

突然，大家都笑了出來。不管是爸爸、媽媽，還是小匠、小萌，大家都開心地笑著。

潮溼悶熱的風捲起笑聲往山下吹去。風兒吹向了夏日明亮的遼闊街景，在耀眼陽光照射下，如火柴盒般的房子明顯被圍上了一圈黑色影子。

這時，突然掀起一陣狂風，如陣陣漣漪般圍住了小結一家人。蟬叫聲在晃動。枝葉間流洩下來的陽光在低聲呢喃。草叢熱烈地散發出青翠香氣。

金色光芒閃爍之中，小結挺起了胸膛。

嗯！儘管放馬過來吧！不管遇到什麼樣的災難，我們都不會被打敗！

小結朝向捲起漩渦的狂風在心中這麼大喊。

後記

不知道大家知不知道「信田妻」的故事？一隻母狐狸嫁給人類當妻子，也生了小孩，但最後被發現了真實身分，而離開家人身邊。這個以大阪阿倍野作為舞台的故事，也被歌舞伎和文樂木偶劇等傳統藝術採用為表演題材，長時間以來一直活在我們心中。有一說法指出，故事中狐狸與人類所生的小孩，日後成了名為安倍晴明的陰陽師。

狐狸母親加上人類父親，以及兩人所生、擁有不可思議力量的小孩—如此具有吸引力的題材，讓我起了想要以這個題材寫故事的念頭，也開心地做了很多幻想。對作者而言，從故事誕生，到化為稿紙上的文字呈現出來的這段時間，是最幸福的時光。

狐狸變身成人類的母親，會是一個什麼樣的人呢？如果我是這隻狐狸的話，有辦法不說出自己的真實身分，一直隱瞞結婚對象到底嗎？還是我會老實地說出事實呢？如果老實地說出事實，對方會怎麼回答呢？狐狸的親戚們會贊成與人類結婚嗎？

幻想起這些事情時，我總會忍不住偷笑。偷笑後，又會開始幻想……幻想著、幻想著，信田家的成員就在不知不覺中，擅自在我心中動了起來，而且爭先恐後地搶著說話。然後，當這個熱鬧故事誕生時，大庭賢哉先生幫我為個性突兀的每個角色，了不起地畫出了插畫。看見大庭先生的素描草圖時，甚至讓我有種總算見到了信田家所有人的感覺。

堅強又開朗的媽媽，以及悠哉的爸爸。繼承了狐狸和人類血統的三個小孩。愛惹麻煩的夜叉丸舅舅，喜歡占卜的祝姨婆等等——認識愈多後，我愛上了這個信田家族，也不願意就這麼讓故事結束。即使到了現在，信田家所有人也還在我心中繼續低聲訴說著新的故事。

秋天的某一天，小萌在公寓後方發現一顆金色橡實。在這顆金色橡實的指引下，三個小孩穿過了通往不同世界的入口，並遇上一連串奇妙的事件。好了，下次再跟大家分享關於金色橡實的故事。敬請期待第二集出版。

富安陽子

富安陽子 著
大庭賢哉 繪

雲龍與魔法果實

人類爸爸與狐狸媽媽還有人狐混血的三個孩子奇幻冒險故事，在每日都守護著家庭祕密的信田一家裡，小小的龍突然闖了進來……

樹之語與石封印

因擁有人狐混血的信田家三個小孩，和人類朋友意外跳躍進了另一個時空，那裡的人都被石化封印了！

鏡中的祕密池

奶奶送來的雙面鏡頻頻出現異常景象，緊接而來出現的危機與怪異現象是否都和這個神祕的雙面鏡有關呢？

神祕森林驚魂夜

封閉的森林、詭異的魔怪傳說，這回時光倒回到爸爸和媽媽相遇的那一夜，因為夜叉丸闖下的禍，他們被囚禁在靜止的時空裡……

時光彼岸的人魚島

位在南島的飯店，向信田一家發出了邀請函，為什麼信田一家會受邀呢？關於這座島嶼的人魚傳說，真相究竟為何呢？

蘋果文庫 146

人狐一家親 1 雲龍與魔法果實

シノダ！チビ竜と魔法の実

填回函，送Ecoupon

作者	富安陽子
繪者	大庭賢哉
譯者	林冠汾
編輯	呂曉婕
企畫編輯	郭玟君
封面設計	鐘文君
書名字體	黃裴文
美術編輯	黃偵瑜
文字校潤	許芝翊、趙國富、蔡雅莉、呂曉婕
創辦人	陳銘民
發行所	晨星出版有限公司 台中市 407 工業區 30 路 1 號 TEL:(04)23595820　FAX:(04)23550581 E-mail:service@morningstar.com.tw https://star.morningstar.com.tw 行政院新聞局局版台業字第 2500 號
法律顧問	陳思成律師
初版日期	西元 2012 年 7 月 15 日
二版日期	西元 2023 年 7 月 15 日
讀者服務專線	TEL:（02）23672044 /（04）23595819#212
讀者傳真專線	FAX:（02）23635741 /（04）23595493
讀者專用信箱	service@morningstar.com.tw
網路書店	https://www.morningstar.com.tw
郵政劃撥	15060393（知己圖書股份有限公司）
印刷	上好印刷股份有限公司

定價 280 元

ISBN 978-626-320-504-8

Shinoda! Chibiryû to Mahô no Mi

Text copyright © 2003 by Yoko Tomiyasu
Illustrations copyright © 2003 by Kenya Oba
First published in Japan in 2003 by KAISEI-SHA Publishing Co., Ltd., Tokyo
Traditional Chinese translation rights arranged with KAISEI-SHA Publishing Co., Ltd.
through Japan Foreign-Rights Centre/Bardon-Chinese Media Agency
Traditional Chinese edition copyright © 2023 Morning Star Publishing Inc.
All rights reserved.
Printed in Taiwan

版權所有・翻印必究
（缺頁或破損的書，請寄回更換）

國家圖書館出版品預行編目資料

人狐一家親1 雲龍與魔法果實 / 富安陽子著；
大庭賢哉繪；林冠汾譯. —— 二版. —— 臺中
市：晨星出版有限公司，2023.07
面；　公分. ——（蘋果文庫；146）

譯自：シノダ！ チビ竜と魔法の実

ISBN 978-626-320-504-8（平裝）

861.596　　112008945